海空陸
RIKU MISORA
繪者 WON
落第騎
10

落第騎士英雄譚
Cavalry
10

「一輝！
這傢伙該不會是那一位…………！」
©Won

兩人透過攻防，徹底明白。
他們不可能獨自對付眼前的對手。
『史黛菈！跟在我後面進攻！』
©Won

少女們享受著
短暫的休憩時光——
©Won

©Won

當一輝正想闖入房內，他突然和人對上眼。
房間中。
有位只穿著内衣的女性，正目瞪口呆地望著他。

# CONTENTS

# 序章

# 來自地獄的蜘蛛

東南亞的一處角落。

熱帶雨林(Jungle)高聳又茂密的叢林深處。

裡頭有一座帶有高棉(註1)風格，外表布滿藤蔓的遺跡。

這座廢墟早已消失在當地居民的記憶之中，只能一步步走向腐朽。

就在遺跡的一角，一道窗戶洩漏一絲光明。

鉛灰色的烏雲籠罩住陽光，降下傾盆大雨。而在豪雨之中，這絲明亮顯得特別引人注目。

那並非火光。

而是以電力點亮，現代文明特有的光芒。

註1 為柬埔寨的主要民族，另有部分人口分布於泰國、越南等地。建築風格多帶有濃厚的印度教與佛教氣息，代表性的高棉遺跡為吳哥窟。

這道光芒……來自於遺跡內部堆積如山的映像管螢幕。

多不勝數的螢幕上，全都映出同一位少女。

鮮紅秀髮猶如焰火，隨風飄逸，這名少女正是〈紅蓮皇女〉——史黛菈・法米利昂。

螢幕上的影像最後全都在同一幕後，徹底中斷：史黛菈俯視攝影機，她的眼神彷彿見到髒東西，接著毫不猶豫地踩碎攝影機。

「真好……真棒啊……」

同一時間，炙熱的讚嘆響徹遺跡的一間房間。

成堆的螢幕圍繞在一座小沙發旁，一道嬌小的身影橫躺在沙發上。這句讚嘆正是發自於這道身影。

從那一天開始，少女完全占據「他」的腦袋，令「他」茶不思飯不想。

自己當時身在此地，**同時**在世界各地扮演著**一千七百六十二具**機關人偶。而那是其中一具——

就在〈小丑〉平賀玲泉遭到破壞的那一天起——

——他覺得少女美極了。

標致的臉蛋。

鶯啼般的優雅嗓音。
富含女性魅力的肉體。
特別是那顆溫柔的心靈，竟然能為他人如此憤怒。
正因為如此——「他」默默心想。
「他」——想要這名少女。
「他」想讓這名少女成為自己專屬的人偶。
然後，盡情地玩弄她。
「他」想讓那張令人憐愛的臉蛋扭曲不堪，
「他」想讓那甜美的嗓音發出哀號，直到她嘶聲力竭，
「他」想用盡一切手段，玷汙那高潔的靈魂。
啊啊，這麼做一定、一定會——
（一定會非常愉快啊。）
「他」一想到這裡，怎麼也按捺不住自己，坐立難安。
所以——走吧。
「他」能在這遼闊的世界中遇見少女，如同奇蹟。「他」靜靜咀嚼這份幸運——
為了奪取少女的全部——
「他」——決定前去毀滅少女的一切。

# 第一章 慶典結束之後

第六十二屆七星劍武祭精采絕倫，激烈戰鬥一場接著一場，跟往年的比賽相比，今年的盛況實在是難得一見。而在最後的最後，〈落第騎士〉黑鐵一輝擊敗了〈紅蓮皇女〉史黛菈．法米利昂，奪得優勝，大賽至此終於告一段落。

觀眾見證兩人的戰鬥，在決賽隔日的頒獎典禮之後，眾人仍然不減心中的興奮，他們互相討論兩名騎士的高明之處，各自踏上歸途。

同一時間，這場慶典的主角——從日本全國各地聚集於此的各校代表選手一一返鄉。

看準七星劍武祭商機而來的攤販們也一併撤離。頒獎典禮的隔天，灣岸的海埔新生地便恢復為原本的鬼城。

大賽……就這樣結束了。

不過，以黑鐵一輝為首的破軍學園代表們仍停留在大阪。

一輝在七星劍武祭第一輪交手過的好對手——〈浪速之星〉諸星雄大主動邀請一輝以及他的好友們，打算在他的老家，也就是御好燒專賣店——「一等星」裡舉辦慶功宴。

◆◇◆◇◆

「好——那麼現在！為了慶祝我們的好友——黑鐵一輝獲得〈七星劍武祭〉優勝，就由鄙人我——因為大鬧頒獎典禮，明天開始遭到三天補習處分的日下部加加美——帶領大家舉杯！」

加加美以自虐式笑點說完開頭語後，高舉手中的酒杯——

「前輩，恭喜你獲勝——————！」

她高聲向一輝道賀。餐廳內的複數桌椅拼湊成一張長桌，一輝就坐在長桌的主位上。

緊接在加加美之後——

「「「恭喜你——————!!!!」」」

一輝的好友，以及相識的人們齊聚於慶功宴上，所有人一邊乾杯一邊送上道賀。

在場的眾人之中，有同為破軍學園代表選手的史黛菈與珠雫；一輝的好友——有栖院凪和綾辻絢瀨、以東堂刀華為首的學生會成員等人；提供場地的諸星，與他的好友——城之崎白夜、淺木椛；決賽的另一位功臣——藥師霧子、在七星劍武祭上與一輝展開激烈戰鬥的選手——莎拉·布拉德莉莉，甚至是不知為何跟著莎拉到場的風祭凜奈，以及她的侍女——夏洛特·科黛，都出現在慶功宴之中。

一輝聽見在場所有人的道賀，有些靦腆地微笑——

「謝謝大家。」

隨即拿起自己的酒杯，加入乾杯的行列。

於是，宴會開始。

「好啦，我要來煎御好燒囉——！大煎特煎啦——！你們想點什麼儘管來——！」

諸星站在廚房裡，抓起金屬鏟子用力敲了敲，朝著眾人大喊道。

史黛菈迫不及待地站起身，同時舉起手：

「我要豬肉蛋！十片！」

「馬上來！」

「史黛菈……妳的大食量是不是又更上層樓了？」

「沒、沒辦法啊，艾莉絲。〈龍神附身（Dragon Spirit）〉實在太耗體力了，我不吃飽一點會餓昏頭的。」

© Won

「唉……妳有好好消化掉就好。」

「小白，你要吃什麼？」

「我就點牛筋蔥蛋，椛想點什麼？」

「嗯～這裡的菜單我們大部分都吃過了嘛～要——選——哪——個——呢——……啊、對了！你能做上次煮過的拿坡里義大利麵嗎？」

「喔，炒麵義大利麵嗎？當然可以，那邊那位超壯的大哥呢？」

「嗯……吾就選這道綜合蛋吧。」

「抱歉，那個下禮拜才開始賣啊～」

「唔、是麼？」

「哥哥，不要撒這種蠢謊啦……！」

留著妹妹頭的嬌小少女高聲斥責諸星。

她是諸星雄大的妹妹——諸星小梅。

以前的她曾經患上失語症，但在一輝與兄長一戰之時，她奇蹟似地取回聲音。儘管她的聲音還不太穩定，她還是放棄筆談，直接和眾人對話，四處為眾人點菜。

他們在等待料理完成的期間——

所有人聚集到坐在主位的一輝與史黛菈身邊，互碰酒杯，同時讚賞兩人。

「黑鐵同學，恭喜你獲得優勝！我一想到自己曾經向這麼厲害的人學劍，就覺得很榮幸呢！」

「哎呀——學弟真的很了不起，沒想到你碰到那種絕境，還能顛覆戰局！連我的稱號——〈無法觀測（Fifty/Fifty）〉都要甘拜下風了。」

「我一直都相信黑鐵同學會贏喔！畢竟你破解過我的〈黑鳥（Black Bird）〉嘛！」

一輝真心向眾人道謝。

「謝謝大家。我若不是遇見各位……只靠我一個人，恐怕沒辦法變得如此強大。真的很謝謝你們。」

「皇女殿下的戰果實在令人惋惜，勝負之差就只在那一線之隔而已。」

史黛菈聽見碎城雷的安慰，輕輕聳了聳肩：

「就算只有一線之隔，輸了就是輸了。我耗盡全力，得到的結果就是如此。不過——」

她說到一半，舉起手上的酒杯，一飲而盡——

「我下次絕————對不會輸給你……！」

接著「咚！」的一聲，她將酒杯使勁敲在木製餐桌上，發下豪語。

同時，赤紅髮絲噴發出火焰磷光。

周遭的眾人見到她如此勇猛的一面，紛紛拍手讚道：「很好！」、「這才是史黛菈啊！」

東堂刀華坐在離主位稍遠的位置，她露出明亮的笑容，凝視眼前的景象。

「呵呵，看來明年的〈七星劍武祭〉也會相當熱鬧呢。可惜我明年沒辦法繼續參加比賽，真是遺憾。」

「哼哼哼……汝等的二次對決同樣記載於〈黑之史書(Black Chronicle)〉，等於是命中註定……不遠的將來，汝等便會知曉一切……」

「大小姐是這麼說的：『好期待明年的比賽喔！』」

「——就算是比賽，你們這次也太過頭了！」

一片熱鬧的氣氛當中，一名少女反而開口吐苦水。

她是冠軍——黑鐵一輝的妹妹。

〈深海魔女〉黑鐵珠雫。

珠雫怒目橫眉地瞪著主位上的兩人：

「哥哥和史黛菈同學都一樣，你們既然是男女朋友，可以多顧慮一下對方嗎？兩個人打得那麼轟轟烈烈，誰死都不奇怪！你們不覺得自己很沒常識嗎？」

「唔、抱、抱歉……」

兩人彷彿挨罵的孩子，縮起身體。

她的責備極為正確，毫無反駁的餘地。

事實上在那場決賽之中，雙方隨時都可能沒命。

他們揮出的每一斬都蘊含自身的全力，絲毫沒有手下留情。

但是，他們這麼做是有原因的。

「這、這也沒辦法嘛……我們都是騎士……面對自己認同的對手，怎麼能手下留情啊……」

自己要是露出這種破綻，馬上就會敗倒在對手的劍下。

他們之間的戰鬥就是高到如此境界。

他們在戰鬥中時時刻刻都必須繃緊神經，他們也深知，眼前的對手絕不希望自己放水。

就連珠雫自己……也抱持同樣想法。

「真是拿你們沒辦法。」

珠雫當然明白。

正因為兩人能做到這點，他們之間的羈絆才會如此堅不可摧。

她是既羨慕、又嫉妒……同時也感到欣喜——

「……你們真的很相配呢……」

珠雫無奈地嘆氣，用誰也聽不見的聲音淡淡呢喃。

「咦？珠雫妳剛剛說——」

「為什麼妳膝蓋上面接著火腿呢？那是賀禮嗎？」

「那是我的腳啦！」

◆◇◆◇◆

廚房裡端出剛煎好的御好燒以及鐵板料理，送到每個人的餐桌上。就在眾人差不多填飽肚子的時候——

加加美看準時機，收拾長桌的一角，將七星劍武祭的照片攤開在桌上。

眾人興奮地回顧比賽的記憶。這些照片彷彿從逝去的時間當中，剪下在場所有人的活躍身影，從第一輪比賽到決賽，應有盡有。

「學長，你看你看，這是學長使用第二次〈一刀修羅〉的照片喔！我是不是把你拍得很帥？下一回的壁報就要用這張照片當頭版！」

「嗚哇……這樣一看……我的樣子還真夠慘。」

「可是看起來很勇猛、很帥氣呀。這般淘氣的模樣，也充分展現出男性魅力呢。」彼方說道。

「啊，這裡有小白吞下破紀錄秒殺的照片耶～」

「椛，真巧呢。我剛剛也找到妳翻白眼倒在地上的照片。」

「哦……原來這就是〈染血達文西〉的父親，妳想起他的長相了呢。」凜奈說道。

「……嗯，很不錯。」

「有想要的照片儘管說，我會再加洗出來給你們。另外，我這次最棒的作品——就是這張！法米利昂皇國第二皇女——史黛菈殿下的內褲大曝光——!?」

加加美從懷裡取出一張相片，打算展現給眾人——就在這個剎那。

空氣中響起一陣銳利的破風聲，史黛菈蘊含光熱的左刺拳貫穿加加美手上的照片，使之化為灰燼。

接著她的右手揪住加加美的衣領：

「交出檔案。」

史黛菈使勁拉過加加美，憤怒的雙瞳凝視著她，這麼命令道。

這瞬間，加加美清楚地見到那副景象。巨龍的雙顎就在眼前，彷彿隨時都會咬上來——

「是、明白！遵命！」

記者的筆桿最終屈服於利劍之下。

「討、討厭啦……史黛菈**同學**真是不懂幽默……哈哈哈。」

廚房裡的諸星見到眾人熱烈討論的模樣，便對小梅說道：

「小梅，外場的點單差不多告個段落了，我也去參一咖。妳一個人可以嗎？」

「沒關係，交給我吧。哥哥……你也辛苦了。」

「謝啦。」

諸星用力揉揉小梅矮小的頭頂，做為慰勞的回禮。小梅則是雙頰綻開甜甜一笑：「欸嘿嘿。」

諸星脫下圍裙，拿著自己要吃的雙倍豬肉蛋——走到刀華身邊，坐了下來。而刀華並未加入照片鑑賞大會，靜靜坐在原位。

「嘿咻，可以讓我坐旁邊嗎？」

刀華聞言，噗哧一笑。

「你都已經坐下來了才問……當然可以，請坐。」

「謝啦……嗯嗯！我家的御好燒果然是最棒的，大阪第一！」

「是啊，真的很好吃，我也好想讓家人品嘗一下。」

「我們可是抱著『御好燒中的一等星就在這裡！』這樣的精神，每天努力經營這間店，當然好吃！」

諸星一邊回答，一邊吃著遲來的晚餐。

他一口氣吃光雙倍豬肉蛋。

接著喝下啤酒，讓酒水連同口中的醬汁鹹味一起流入胃中——

「我說東堂……妳在陪黑鐵進行調整賽的時候，有用到一招利用電磁力施展的特殊劍術，是叫做〈電光〉嗎？妳的那招，該不會是打算拿來對付我的〈帚星〉吧？」

他向刀華提起決賽前的事。

刀華則是點點頭，回應諸星。

「這招伐刀絕技（Noble Arts）並非只針對〈帚星〉，不過我也是精心鍛鍊一番，讓這招足夠對抗你的招數。畢竟去年我第一次見識到〈帚星〉時，就是因為躲避不及，不慎讓你拉走步調。可惜……我今年沒機會用上這招了。」

「果然，我一眼就看出來了。也是，妳今年要是來上這麼一招，比賽就不像去年那麼簡單了。」

〈雷光〉能在交叉距離中製造特殊磁場，利用引力與斥力使斬擊急遽加速、迴旋。

這一招會在每一斬之間的角度和速度上創造反差。這個反差在雙方爭奪中距離的攻擊步調時，將會發揮無與倫比的強大實力。

刀華對上身負〈比翼〉之劍的一輝，甚至能靠著這招將他逼出他最擅長的刀劍距離外，〈雷光〉的厲害之處由此可見。

正因為如此——諸星更覺得遺憾。

「我真想和妳打上一場啊。」

七星劍武祭的賽制是淘汰賽，因此很難真正按照選手的實力排出名次。

單憑諸星自己的感覺，去年自己眼前最難纏的敵人，就是刀華。

而這名強敵為了擊敗自己，特意磨練出這樣的技巧。

他很想在七星劍武祭這個舞台上體驗看看。

不過，即使如此——

「當然，贏的人會是我。」

諸星挑釁般地一笑，淡淡瞥了刀華一眼。

刀華見狀——則是回以滿面笑容。

「怎麼會呢？原本今年會是我徹底封殺〈帚星〉，獲得冠軍。」
「不可能啦。」
「我認為可能呢。」
「哎呀，妳別開玩笑了。」
「不不，這可是千真萬確的事實喔～」
「～～～～～～～～～～～～～～～～！」」
到最後，兩人掛著笑臉，使勁地互相摩擦額頭。
火爆場面一觸即發。
他們一碰上這類話題就互不相讓，也難怪會演變成這種局面。
不過雙方並沒有僵持太久。
「噗。」「哈哈。」
雙方的殺氣互相碰撞一陣子後，同時噴笑出聲，雙雙拉開有些泛紅的額頭。
「算了，沒必要一直去提一場不會成真的戰鬥。」
「也對，反正我們兩個死都不會讓步，再繼續只會浪費時間。而且……我們兩隻敗家犬在這裡互咬也沒什麼意思。擊敗黑鐵──我們的目標還遠得很。」
「……從諸星同學的口氣聽來，你畢業之後打算繼續當騎士啊。」
「很意外嗎？」
刀華點點頭。

「是啊，我還以為你會繼承家業，成為後備役軍人。」

「我當然也想過這條路……」

後備役擁有〈魔法騎士〉執照，平時卻在一般職場工作，與常人無異。他們只在緊急狀況時接受〈聯盟分部〉的徵召，以〈魔法騎士〉的身分進行國防、犯罪偵查等任務。

像諸星這種老家經營生意的學生騎士，大多會選擇成為後備役。

諸星原本也打算這麼做。

不過——

「話雖這麼說，我好不容易聽見最想聽到的那句加油聲，我應該還能變得更強。一想到這裡，我突然覺得成為後備役有點浪費，就改變主意了。」

刀華聞言，緩慢卻又深深點頭同意。

「……說得也是，自己身後有人願意推自己一把，這可是很幸福的事呢。」

「不過我們已經三年級了，不能再參加〈七星劍武祭〉啦……東堂，妳之後有什麼打算？」

「黑鐵同學他們的戰鬥讓我徹底了解到自己還太天真了。總之，我會趁著這次暑假，在師傅那裡徹頭徹尾地重新鍛鍊自己。然後……從學校畢業，同時登錄國內聯盟（National），一步步邁向A級聯盟（Blazer）。」

〈國際魔法騎士聯盟〉主辦的伐刀者格鬥賽事——KOK（King of Knights），其中最頂尖的聯賽，統稱為A級聯盟。

聯盟分配給加盟國的選手名額相當稀少，A級聯盟的選手都是從各國贏得推薦名額，擁有足以代表該國的實力。眾多騎士從各國脫穎而出，在此進行世界巔峰的戰鬥。這場大賽被視為至高的娛樂，廣受世界各地人們的喜愛。

刀華將這場大賽定為自己接下來的目標。

諸星點頭表示明白。

「是最正統的路線啊。」

諸星的回答感覺有些置身事外，刀華不禁疑惑地歪了歪頭：

「諸星同學有別的計畫嗎？」

「——是啊，我不打算登錄國內聯盟。日本……不對、〈魔法騎士聯盟〉加盟國的國內聯盟都會受到聯盟的方針影響，大部分選手都比較注重魔法。可是〈虎噬〉(Tiger Bite)的威力並不在魔法本身，所以我比較重視**能使〈虎噬〉命中對手的體術**，這才是我的保命符。不過……我最看重的體術卻不及黑鐵。」

自己現在的體術、槍術，在一流的世界之中完全不管用。

諸星在與一輝的戰鬥中深深體會到這點。

因此——

「所以啊……我想參加重視體術的比賽。」

「你說的該不會是……」

選手們身為伐刀者，卻重視體術戰鬥。

在這世界上，只有一場大賽採取這種方針。

就在日本海的另一端，那塊遼闊的大陸之上。

那裡舉行世界最殘酷的聯賽，其名為──

「我打算挑戰鬥神聯盟……！」

「…………」

諸星的語氣透露某種覺悟，讓刀華一時屏息。

這也難怪。

鬥神聯盟的主辦國並非聯盟加盟國，而是中國。這場聯賽與A級聯盟齊名，同為聞名世界的伐刀者格鬥大賽。

甚至也有不少人認為鬥神聯盟的水準比A級聯盟還高。

原因就在於，鬥神聯盟的比賽方式太過殘酷。

A級聯盟備有最先進的醫療設備、嚴謹的規則，更擁有充足的休賽期與酬勞。

鬥神聯盟卻並非如此。

鬥神聯盟原本就不是為了娛樂大眾，而是武寺──〈神龍寺〉為修行僧舉辦的比賽。

參賽選手不限國籍，人人都可以參加，但是比賽沒有報酬，也沒有醫療設備，更可怕的是比賽規則形同虛設。

「『常保戰場之心』……凡為習武之人，必須時時刻刻形同身處戰場。我從師傅那裡聽說過，鬥神聯盟體現了〈神龍寺〉的這番理念，所以主辦方允許複數選手圍毆單名選手，或是趁夜偷襲其他對手，可說是比違法的地下格鬥賽還要殘酷。

……主辦方幾乎不顧選手安危，因此戰死的選手甚至遠遠超過A級聯盟。」

唯一征服過這場大賽的日本男人。

〈鬥神〉──南鄉寅次郎曾經告訴過刀華鬥神聯盟的殘忍之處。所以刀華半是勸說地對諸星說道。

不過，諸星卻答了句：「我知道。」

「說是這麼說，總有些東西，是非得跨過這種死境才能到手……以黑鐵為例，他就是和〈比翼〉交手過，才能偷學到她的劍術。」

「……說得、也是啊。」

諸星這麼一說，刀華也不得不接受。

一輝正是與世界最強劍士──〈比翼〉愛德懷斯一戰過後，實力才有了爆發性的成長。

而他與史黛菈的決賽，兩人也在極限之中互相切磋、茁壯。

生死交錯，曇花一現般的剎那。

這短短的一瞬間——有時足以媲美數年、數十年份的日常修行。

諸星想得到這稍縱即逝的瞬間。

所以他想刻意置身嚴苛的環境，將自身逼迫至極限。

刀華明白他的想法，便放棄阻止對方，為前往修羅之道的好友送上聲援。

「鬥神聯盟的比賽沒有賞金、沒有酬勞，能得到的只有一紙榮譽，但正因為如此，你要是能在這場大賽打響名聲，肯定會受到世界的關注，應該也能取得A級聯盟的推薦。」

「沒錯，我對國內聯盟沒半點興趣，但A級聯盟就是另一回事了。那場大賽的選手，幾乎都是心、體、技三者極致的怪物。我總有一天也會前去挑戰A級聯盟。」

「那麼……我們就到時再交手了。」

「喔，一定會的。」

兩人訂下約定，靜靜地互碰酒杯。

◆◇◆◇◆

諸星和刀華正在談論未來的志向。

貴德原彼方遠遠眺望兩人——她今天也決定要和某人好好聊聊，於是她主動走向那個人。

對象就是曉學園的〈魔獸使（Beast Tamer）〉——風祭凜奈。

「唔嗯，偶爾粗粗庶平的食物欸不輟啊。」

「大小姐，啾。」

「噗啊!?妳、妳妳妳突然間做什麼啊夏爾!?」

「您的臉頰沾到醬汁了。」

「謝、謝謝——咳咳、有勞了。不、不過這座〈祭壇〉上有〈拭去不潔的純白〉，下次記得使用。」

凜奈並未加入一輝周遭熱鬧的小圈圈，嬌小的雙唇一點一點地吃著大片的御好燒。彼方走近凜奈身邊，向她問好。

「……凜奈同學，久違了。」

凜奈聞言，回頭一看——

「啊、是貴德原家的……」

她對於來人顯得興致缺缺。

這也難怪，兩人來自於日本首屈一指的資產家，曾在社交場合打過一、兩次招呼，但是她們個人並沒有私交。

「您來訪〈破軍〉之時，我並未親自問候您，真是不好意思。」

「無妨。堂堂夜之王，吾不會在意那些細枝末節的小事，唔嗯唔嗯。」

「……我本來是打算諷刺您的呢。我可以坐您的隔壁嗎？」

「請笨。」

「大小姐是這麼說的：『請坐。』」

彼方說了句「那我就不客氣了」，便在凜奈身旁就坐。

「不過真令我吃驚。風祭家與地下社會往來頻繁，這點貴德原家也是略知一二。但是我沒想到風祭家當家・風祭晄三的親生女兒——凜奈同學竟然參與〈解放軍〉的行動……」

「才樸斥呢。」

「咦？」

「先不論老爺，大小姐並未隸屬於〈解放軍〉。」

凜奈雙頰中塞滿御好燒，夏洛特便主動代她解釋。

凜奈的父親——風祭晄三與月影總理結識已久，因此月影從凜奈幼時就經常陪她玩樂，兩人感情相當不錯。

當時月影向身為〈解放軍〉要人的晄三提出設立〈國立曉學園〉的計畫，凜奈很想幫助月影，便主動要求參與作戰。

莎拉至少還曾以〈解放軍〉的身分四處活動，相較之下，凜奈與〈解放軍〉並沒有太多交集。

她的身分和王馬相仿，比較接近客座生。

彼方聽完夏洛特的解釋，點頭表示明白：

「……原來如此。那麼，我希望您就只參加這麼一次，往後別再參與這種行動了。」

彼方有些強勢地對凜奈說道。她的語氣與其說是請求，比較接近命令。

凜奈聞言，一口吞下口中的食物，問道：

「哦？為何汝有必要對吾指手畫腳？」

「因為我並不想在戰場上見到熟識之人。」

沒錯，彼方今天便是想勸戒凜奈這件事。

〈腥紅淑女(Scharlach Frau)〉——貴德原彼方也稱得上是日本少有的強者。

即便她還是學生，卻透過〈特別徵召〉的形式，親自參與過實戰。

她加入鎮壓〈解放軍〉據點的行動，與敵人交戰——也曾殺傷過難纏的士兵。

雖說她早已做好心理準備，但那樣的經驗還是讓人不好受。

可以的話，她不想在那樣的地獄之中見到熟面孔。

不過凜奈聽完彼方的忠告，卻是嗤之以鼻。

「哼哼……原來如此，不過這可不成。這隻〈黃昏魔眼〉即為俗世的黑暗根源，而吾正是其宿主，註定要置身於黑暗之中……唔！封於魔眼的混沌正渴求著鮮血，陣陣發疼啊……！呵呵呵……今晚該讓誰成為祭品呢……！」

凜奈這麼說，同時捂住自己的眼罩。

從旁人的眼光來看，她的舉止實在怪異到令人不忍卒睹。

不過彼方知道她的發言以及她的行為代表什麼意思。

因此——彼方祭出事前準備好的殺手鐧。

「……唉，看來是沒辦法了。」

她從純白的手提包中取出學生手冊，撥出電話到某個地方。

而那個地方——

「喂？請幫我轉給周刊少年 Jack 編輯部的大田原總編輯，說是貴德原來電就行了。」

一旁的凜奈彷彿要一把踢開椅子，猛然站起身：

「周、周刊少年 Jack!?該、該不會是正在連載『黃昏魔眼使』的那個 Jack!?」

她忘記裝出高高在上的模樣，興奮不已地湊向彼方。

彼方見到凜奈**擺出她預料中**的反應，淡淡一笑：

「是的，小英社是貴德原財團的相關企業。」

「所、所所所以、妳能和『黃昏魔眼使』的作者、鷹柳老師、說、說到話嗎!?」

「是啊，我來大阪（這裡）之前也見過他——啊、抱歉。喂？真是不好意思，在百忙之中打擾您……是，就是我之前和您討論過的那件事。對，我果然還是說不動她。是，所以就如同我與鷹柳老師討論過的結果，『黃昏魔眼使』腰斬——」「給我等一下啊啊啊啊啊啊啊啊啊啊!?!?!?」

彼方那番對話頓時令凜奈渾身寒毛直豎，她忍不住放聲大喊，同時抓住彼方的肩膀。

「咦⁉什麼什麼怎麼怎麼回事⁉腰斬⁉為什麼要腰斬⁉那部作品上一期才登了刊頭彩頁耶，怎麼會⁉」

「只能說……是因為『大人的理由』呢。畢竟刊載誤導孩童走上歪路的作品，會違反企業社會責任規範。凜奈同學是受到『黃昏魔眼使』影響，才會涉足地下社會的活動。所以我和編輯部討論過，假設我沒辦法說服凜奈同學改邪歸正，就只能讓作品腰斬了。」

彼方的回答，讓凜奈興奮泛紅的雙頰頓時刷白。

那是自家的關係企業。

「黃昏魔眼使」是在那間公司的雜誌上連載，所以彼方一眼就認出來了。

凜奈在扮演那部作品裡的角色。

她如此熱愛這部作品。

那這作品就足夠拿來當人質。於是──

「這、這不公平！太過分了！鷹柳老師很可憐耶⁉」

「當然，我已經直接和鷹柳老師談過了……老師是這麼說：『我心意已決，只要有孩子因為自己的作品誤入歧途，我就封筆不幹。』……這位老師真是令人敬佩呢。」

「好！凜奈會改過自新！現在就改！已經改過了！我不會再幫〈解放軍〉工作

了！拜託妳千萬不要腰斬啊啊啊啊啊啊啊啊啊啊啊啊!!!!」

凜奈態度一轉，拚命哭求彼方。

◆◇◆◇◆

凜奈像個耍賴的孩子，淚眼汪汪地拜託彼方。

珠雫遠遠望著凜奈的模樣，嘆了口氣。

「……真是熱鬧呢……」

就在此時。

一名身材修長的美男子——有栖院凪向獨自坐在位子上的珠雫搭話。

「珠雫，辛苦了喔。」

「艾莉絲……」

「妳累了吧？珠雫不習慣參加這種熱鬧的聚會呢。」

有栖院比普通人還擅長察言觀色。

他應該是在擔心自己不太能融入這個氣氛。

珠雫在內心感謝好友的顧慮，開口答道：

「……我不是累了，只是……今天狀況不如預期，有點失望。」

「怎麼回事？」

「……我今天會來這場聚會，除了為哥哥慶祝，還想……拜霧子學姊為師。」

有栖院聽了珠雫的話並不吃驚，反而說了句：「這樣啊。」表示自己理解珠雫。

「妳想這麼做……果然是**因為那個時候**嗎？」

珠雫點點頭。

有栖院口中的「那個時候」。

自然是指準決賽的那一晚。

珠雫的兄長・一輝在與〈厄運〉（Bad Luck）——紫乃宮天音一戰之後，天音的能力曾經一度奪走一輝的性命。

不論旁人如何盡力挽救，刻印在身體上的死之終焉仍一步步將一輝的魂魄拖入地獄。

幸虧〈白衣騎士〉——藥師霧子受一輝的父親・嚴所託，飛也似地趕到現場。在她的活躍表現之下，一輝平安復活，順利地前去挑戰史黛菈，進行決賽。不過——

「我什麼也做不到。我和她同為水術士，但是我面對哥哥陷入絕境，卻只能放聲哭喊。」

珠雫回想著。

自己當時只是傻傻地站在一輝的手術室外，露出焦躁不安的模樣。

接著，她對自己無比的憤怒。

——自己實在是太沒出息了。

霧子同樣身為水術士，順利以水術士的能力拯救兄長，而她呢？

就在那一刻，珠雫從未如此深刻感受到自己的不足。

「我絕對不想再經歷第二次了。眼睜睜看著哥哥陷入危機，我卻只能哭哭啼啼，什麼都辦不到……我再也不想遭遇同樣的狀況，所以……」

「所以妳才想拜入那位女醫師門下啊。」

珠雫點頭承認：

「……我雖然是這麼想……」

她露出有些厭煩的眼神，望向餐桌的一角。

有栖院也順著珠雫的視線看去。

那個角落坐著兩個人——爛醉的霧子彷彿章魚似的，手腳並用緊緊纏住〈染血達文西〉——莎拉·布拉德莉莉。莎拉完全動彈不得，霧子便盡情對她上下其手。

「哎呀哎呀，妳明明體格不錯，肌肉卻一點也不強壯呢～」

「嗚、我、我本來、身體就很弱，而且、我總是坐著畫圖……沒辦法啊。」

「這樣不行，不可以喔～妳要是維持這種生活、嗝！妳一過二十歲，炸彈就會一口氣爆炸喔。現在炸彈就在妳全身上下滴答滴答地倒數計時呢。不～過～呢，妳～放～心。其實霧子我現在正在做跨時代的研究，能將脂肪轉變成肌肉喔～！人家就任命妳擔任臨床實驗的第一號試驗者～嗯～霧子真是超級溫柔～」

「誰來、救救我……」

「我舔。」

「啊……」

莎拉的衣著原本就相當暴露；霧子的女醫師身分則是讓人莫名生起遐想。

她們兩個衣衫不整地交纏在一起，這副景象未免太過煽情。有栖院扯了扯有些勉強的笑容：

「原來那位女醫師喝醉會纏著旁人啊。」

「照她那個樣子，根本不可能談什麼正經事……更何況要是我一靠近，感覺馬上會被拖下水。我根本不想接近她們，絕對不想。」

「也是，人家也覺得離遠一點比較好。」

「算了，等暑假到了，我再直接到廣島拜訪她。」

珠雫半是放棄地說道。有栖院則是微微吃驚地回問：

「妳不跟去法米利昂嗎？」

珠雫聞言，則是不悅地嘟起雙唇：

「我才沒這麼不識好歹。」

（看起來還是很在意嘛……）

有栖院雖然這麼心想，但是他不會說出口，他沒有這麼不解風情。

他們心知肚明。

一輝與史黛菈藉著決賽為契機，兩人的關係向前邁進一大步。

他們兩人即將前往法米利昂皇國，前去拜訪史黛菈的雙親。

要是雙方談得順利，最後應該會訂下婚約。

眼看那一天即將到來，珠雫開始在心中做出讓步。

（因為珠雫……也很喜歡史黛菈嘛。）

雖然本人絕對不會承認。

但她若是不喜歡史黛菈，她絕不會讓史黛菈接近最愛的兄長。

有栖院覺得倔強的珠雫實在太可愛，便半開玩笑地戳了戳她鼓起的雙頰。

珠雫頓時挑起眉頭，也用自己的食指戳向有栖院的臉頰。

不，她的力道與其說是戳，還比較接近**刺**。

珠雫的行為實在很符合她不服輸的性格。有栖院摸了摸臉頰，露出苦笑。

珠雫則開口問道：

「不說這個，艾莉絲有預定暑假要做些什麼嗎？要是沒有，我希望妳能陪我一起去廣島。」

有栖院露出滿懷歉意的神情，說句「抱歉」婉拒珠雫。

他也有他想做的事。

「……人家一直沒有去掃好友的墓，所以人家想趁著這次暑假回鄉看看。」

「是嗎？有點遺憾，這個夏天我們要分頭行動了呢。」

「希望妳的修行能夠順利，人家會在遠方為妳祈福。」

◆◇◆◇◆

慶功宴開始後兩個小時左右。

原本眾人圍繞在照片周遭，熱烈暢談慶典的回憶。而他們現在似乎滿足了，便與平時交好的同伴們分成數個小團體，開始彼此閒聊。

慶功宴進入這個階段後，身為主賓的一輝也終於從人群中解脫。

「呼……」

一輝深坐在椅子上，倚靠椅背仰望天花板。

他受到眾多人的道賀。

這股陌生的氣氛意外有些消耗一輝的體力。

再加上他還同時接受加加美的訪問，現在喉嚨非常乾渴。

請小梅送點飲料來吧。當一輝這麼心想——

「〈七星劍王〉先生，優勝者訪談辛苦你了。」

他的臉頰忽然感受到某種冰涼、堅硬的觸感。

史黛菈貼心地為一輝拿來冰涼的麥茶。

「……幫了大忙了，謝謝。」

一輝道謝，杯子一仰，一口氣喝下半杯麥茶。

史黛菈坐在一旁，眼神溫柔地凝視一輝——

接著她微微睜眼，似乎察覺什麼。

「啊，一輝，等等，你的頭髮有點亂，我幫你整理一下。」

諸星、戀戀等人粗魯的道賀方式，讓一輝的頭髮顯得有些凌亂。

一輝不太執著外表，所以不怎麼在意，但好歹是在女朋友的面前，總不能太邋遢。

「嗯。」一輝順從地點點頭，挺起背脊，讓史黛菈比較方便觸摸頭髮。

史黛菈繞到一輝的背後，輕柔地梳齊一輝的頭髮，並且——

「比賽，就這樣結束了呢。」

她有些寂寞地低語道。

一輝也表示同意。

「是啊……一轉眼就結束了。」

「這裡一直都是我的目標……總覺得有點寂寞呢。」

一輝很能體會史黛菈的心情。

他也是一路朝著這個目的地走來。

為了畢業，以及為了與史黛菈訂下的約定。

正因為如此……一輝有些不安。

「妳該不會燃燒殆盡了吧？」

史黛菈說了句：「怎麼可能」，對一輝的不安一笑置之。

「明年我還要復仇呢，現在要全心全意地鍛鍊！而且還有昨天晚上那件事嘛。」

昨天晚上。

一輝聞言，便點了點頭：「──嗯，是啊。」

沒錯……原本這場慶功宴應該是在頒獎典禮的隔天，也就是昨天舉行。

但是主賓們臨時有急事，便往後延一天。

昨天，一輝以及史黛菈兩人接到總理大臣．月影獏牙的指示，要他們前往夜晚的灣岸巨蛋。

◆◇◆◇◆

晚上九點，希望你們能前往灣岸巨蛋的戰圈。

頒獎典禮後，月影透過破軍學園理事長．新宮寺黑乃，通知兩人這項指示。

兩人從黑乃口中得知，包括黑乃以及史黛菈的老師，日本首屈一指的強者──〈夜叉姬〉西京寧音在內，月影有個祕密想對這四人說明。

「竟然在這種時候叫我們出來，到底是什麼事啊？」

「不知道……我完全沒頭緒。」

兩人滿臉疑惑，但還是按照約定時間進入巨蛋，穿過空無一人的通道，走向戰圈。

「他要是邀請我們加入恐怖分子，我就狠狠揍他一頓。」

「理事長和西京老師似乎也在，應該不太可能……」

於是，兩人通過敞開的入場閘門，來到約定地點的戰圈。

但奇妙的是，戰圈上空無一人。

寬闊的空間之中寂靜無比，甚至令人耳朵生痛。

「什麼嘛，這麼晚把人叫出來，結果根本沒人在啊？一輝，約定的時間是現在沒錯吧？」

「嗯，真奇怪……」

一輝環視周遭一圈，結果仍然相同。

不說戰圈，就連磨缽狀的觀眾席也不見任何人影。

這個地方已是無人之境。

場上的垃圾已經收拾得一乾二淨，今早為止的狂熱更是完全不見蹤影。

一輝望著這片寂寥的模樣，不禁感到一陣落寞。

他們在這個地方度過的時光，一分一秒都十分緊湊。

這短短不到一週的日子，帶給他無與倫比的充實。

他已經深深迷上這個地方。

但是──

（嗯……？）

或許是因為這座舞台令他如此眷戀——

（這股奇怪的感覺是？）

絲絲海風鑽進巨蛋，撥動場中的寂靜。

海風使空氣產生細微的震動，輕輕撫過一輝的皮膚。

一輝從中感受到奇妙的不協調。

這裡的氣息會如此流動嗎？

會像剛才一樣撫過肌膚？

——不。

（空氣的流動很奇怪。）

稍早環視周遭得到的視覺情報，以及肌膚感受到氣息的震動。

這兩種情報並不一致。

有什麼亂了調。

從視覺情報推測出的氣息震動完全背離現狀。

沒錯，彷彿是——

戰圈之上除了自己與史黛菈以外，還存在別的障礙物——

「——！」

一輝認知到這項事實不久，視野便捕捉到某樣東西。

史黛菈的身後，一具漆黑鎧甲正舉起巨大的斧槍（Halberd）……！

「史黛菈──────！快閃開──────！！」

「！」

史黛菈瞬時之間能反應過來，完全是來自她對一輝的信任。

即便在這危急一刻，史黛菈仍未察覺身後的異物。

不過她卻不顧自己的判斷，反射性向前一撲。

一輝突如其來的大喊雖然令她困惑，但她不打算轉身察看。

史黛菈對於一輝全盤的信任，讓她忽略思考，直接驅動自己的身體。

下一秒，斧槍的斧刃正好落在史黛菈原本的位置，連同隨之而來的巨響，同時擊碎戰圈與場內的寧靜。

「你、你幹什麼!?」

「──────」

史黛菈單靠右手撐起向前撲去的身軀，在空中輕巧一翻。

她面向襲擊者，憤怒地大吼。

瞪大的雙眼蘊含濃烈的戒心。

但這也難怪。

對方輕易繞到史黛菈的背後，他的腕力更能隨手擊碎強化石板打造的戰圈。

對方的力量即使不及史黛菈，也達到黑鐵王馬的級別。

來人非比尋常。

然而，襲擊者渾身包覆漆黑鎧甲，他不發一語，再次襲向史黛菈。

他的舉動夾帶著十分明顯的戰意——

「唔！我不知道你是誰，但既然你想打，我就奉陪！」

史黛菈回應對方的挑釁。

她立刻在雙手中顯現出固有靈裝（Device）——〈妃龍罪劍（Lævateinn）〉：

「煉獄之炎，貫穿蒼天……！」

並使刀刃噴發出火焰。

火焰層層旋繞著刀刃，溫度與亮度瞬間飆高。

緊接著，熊熊烈焰化作白熾光劍。

劍的光芒照亮巨蛋的每一處角落，使得巨蛋內部明亮如白日。

——同時讓融入黑暗之中的黑鎧甲毫無保留地現出原形。

而來者的身影——

（那具鎧甲、該不會是……！）

一輝曾經見過這副外貌。

不過——

「〈燃天焚地龍王炎〉(Calusaritio・Salamander)————!!!!」

當一輝察覺這點，史黛菈同時施放烈光斬擊，吞噬那具鎧甲。

斬擊完美命中襲擊者。

史黛菈確實感受到命中的手感，她勾起雙脣——

「哼！我還以為有多——!?」

她的表情隨即染上錯愕。

這也難免。

她的必殺一擊——〈燃天焚地龍王炎〉。

只見那名身著漆黑鎧甲的騎士如沐微風，勢如破竹地闖過光之激流，出現在史黛菈眼前。

黑鎧甲再度揮動斧槍，使勁劈向史黛菈的頭頂。

史黛菈原本以為〈燃天焚地龍王炎〉完全命中，根本來不及迴避。不過——

「史黛菈——！」

一輝及時趕到。

他從旁硬是推開史黛菈，並從斧槍刃下滑過，躲過這一擊——

「哈啊啊啊啊！」

一輝直接扭轉軀體，朝著鎧甲騎士的軀體揮出一刀。

鎧甲騎士才剛揮下斧槍，無法應付一輝這一刀。

〈陰鐵〉的黑刃彷彿被吸引似的，朝著鎧甲的軀幹部位而去。

一輝的斬擊鋒利無比，但力道不夠重。

對方的甲冑擋住這一斬，名副其實的文風不動。

不過，一輝當然早知道自己傷不了對方的鎧甲。

他不需要斬斷鎧甲。

——只要刀刃能觸及鎧甲，一切水到渠成。

「……！」

〈陰鐵〉一觸及黑鎧甲騎士的側腹，一輝同時運作全身肌肉。

他藉著肌肉收縮施放第二次攻擊，**這才是一輝真正的攻擊**。

第六祕劍——〈毒蛾太刀〉。

將一定程度的震動灌入對手的武器或鎧甲內，使對方肉體內部的水分產生波紋，便能無視一切防禦，直接從體內擊潰敵手。

鎧甲的堅固與吸震度並不成正比。

名為「震動」的劇毒瞬間走遍鎧甲騎士的全身——

鎧甲之間微小的隙縫中噴出鮮血。

但是——

「唔！」

下一秒，黑鎧甲的踢擊有如刺槍般銳利，奮力刺向一輝。

他直接承受〈毒蛾太刀〉，感覺卻是不痛不癢。

不過——一輝並不驚訝。

一輝本來就不打算靠這一擊擊傷對方。

他藉此確認一件事。

眼前的鎧甲騎士真正的身分，以及——

「一輝！這傢伙、**該不會是那一位……！**」

一輝被鎧甲騎士踢飛出去，史黛菈立刻奔向一輝身邊。她同樣察覺對方的身分。

因此他們明白。

**他們不可能獨自對付眼前的對手**。

「史黛菈！跟在我後面！」

「包在我身上！」

由一輝打頭陣，兩人一同進攻。

鎧甲騎士靈巧地操控槍柄，在頭頂旋轉斧槍。

漆黑斧槍藉由充足的離心力加速。一輝一踏入攻擊範圍內，斧槍隨即化身為黑色旋風砍斷一輝的軀體。

鎧甲騎士確實砍中一輝——本該如此。

斧槍迎擊的時機非常精準，攻擊卻揮空，距離迎面奔來的一輝差了數公分。

第四祕劍——〈蜃氣狼〉。

這是一輝的體術之一，以緩急並重的特殊步伐瞞騙敵人的雙眼。

一輝在前方製作出殘影，誘使鎧甲騎士誤判距離。

鎧甲騎士一槍揮空，**兩人**便瞄準揮空的瞬間進攻——！

「哈啊啊啊啊啊啊啊啊啊啊!!!!」

史黛菈跟在一輝身後奔來，反轉劍刃，使勁揮動〈妃龍罪劍〉。

同一時間，跑在前頭的一輝奮力一跳。

他將〈妃龍罪劍〉的劍腹當作著力點，施展〈落第騎士〉的七項祕劍之中，擁有最強破壞力的衝鋒劍術——第一祕劍・〈犀擊〉。

〈犀擊〉的突破力，搭配史黛菈一劍震撼大地的臂力。

將這一切攻擊力集中至刀尖，貫穿敵手。兩人的靈感分毫不差，合作無間，創造出只屬於他們的合體劍術。

其名為——

「〈角皇〉（Harmonic Bullet）——!!!!」

「〈愛之彈頭〉——!!」

兩人只有在招式命名上完全不同調，但這也不是問題。

敵人因為揮空身形不穩，兩人的合力一擊漂亮地命中敵人的眉間——

巨響、火花四起，鎧甲騎士被狠狠撞飛出戰圈之外。

但是——

「什……!?」

兩人以為對手飛出戰圈，直接栽進觀眾席下方的牆壁。但就在這個剎那——

鎧甲騎士一個回身，雙腳踏上戰圈外圍的牆壁。

他直接踏碎牆壁，有如砲彈般猛然躍向一輝與史黛菈，斧槍打橫一揮，打算一舉腰斬兩人！

但這一斬距離兩人稍遠。

兩人輕易地躲過這一斬，不過他們的表情明顯焦躁起來。

這也難怪。

〈角皇〉是集史黛菈與一輝的臂力於一點之上。

眼前的敵人正面承受這一擊，卻依舊毫髮無傷，他甚至毫不畏懼兩人的力量。

「……既然這招解決不了他，只能放手一搏了。」

「嗯，我知道。」

鎧甲騎士將戰斧輕輕一轉，悠然地重新舉槍。兩人面對眼前的敵人，暗暗下定決心。

兩人同時深吸了口氣——

「〈一刀——〉」

「〈龍神——〉」

接著，他們打算動用自身與生俱來的實力，展現己身的極限。

——就在此時。

「到此為止！」

「「欸!?」」

熟悉的嗓音插手阻止戰圈上的三人。

他們望向聲音的方向，出現在那裡的人正是——

「理事長……!?還有——」

「寧音老師跟、月影總理……!?」

他們今天原本預定與這三人在這個地方見面。三人緩緩走上戰圈。

其中，黑乃對鎧甲騎士說道：

「再繼續下去會演變成廝殺，請你收起武器。」

鎧甲騎士聞言……順從地收起架勢，斧槍槍尖隨之放下。

他的行動之中，已經沒有稍早為止的敵意。

一輝與史黛菈也放下武器——開口問道：

「理事長，請問這是怎麼一回事？」

黑乃身旁的寧音答道：

「哎呀，就是個小小的餘興節目罷了。黑鐵小弟和史黛菈應該認出那傢伙了吧？」

「是啊……」

他們心知肚明。

兩人見到那獨特的外貌時還有些懷疑，但是經過這一戰後，疑惑已經化為肯定。

「能無止盡治癒使用者的肉體——〈不屈〉的概念，以及操控此概念的固有靈裝——〈無敵甲冑〉(Orichalcos)。他身著這套靈裝，去年初次登錄ＫＯＫ．Ａ級聯盟便來勢洶洶，剎那間爬上排行榜上位。他正是法國的〈Ａ級騎士〉——

現任世界排行第四名，〈黑騎士〉——阿斯卡里德先生，沒錯吧？」

「————」

〈黑騎士〉並未回應一輝。

他始終沉默不語。

不過他無須應答，這份強大已經證明他的身分。

奇妙的是，聯盟加盟國的一流騎士為何要襲擊他們——

黑乃立刻回答一輝的疑惑。

「阿斯卡里德說，他無論如何都想見識你們的實力。要是放著他不管，他可能會擅自跑去偷襲你們，所以我們就答應他，讓他至少在我們看得到的地方打。」

「……什麼讓他打……我好歹算是國賓吧？我可是法米利昂皇國的第二皇女耶！這完全會引發國際糾紛的耶！」

史黛菈聽完黑乃坦白的發言，便狠狠瞪向兩人身後的月影。

月影則是面露苦笑。

「我阻止過了……」

「是我們允許的！」

「你們這樣還算是教師嗎！」

「你們很難得才有機會與這種等級的騎士交手。對你們來說，親身體驗聯盟頂尖的騎士實力，一定能得到不錯的收穫。這也是做為長輩的一番苦心，原諒我們吧。」

「那、那也有別的做法吧……」

史黛菈無奈地垂下肩膀。

的確，不管兩人再怎麼崇尚斯巴達教育，這也太超過了。

就在史黛菈向寧音兩人抱怨時，話題中的襲擊者——阿斯卡里德依舊不發一語。他轉過身，打算離開戰圈。

他的行動或許是表示他已經達到目的，沒理由繼續待在這裡。

這男人真是我行我素。

既然對方沒有表現出敵意，一輝自然沒理由追擊他。

阿斯卡里德的背影逐漸遠去。一輝移開視線後——

「我明白阿斯卡里德先生襲擊我們的理由了，這件事就到此為止。月影總理，您不是有話要告訴我們……？」

他將話題帶到今日約出一行人的男人身上。

直到方才，月影都站在離眾人稍遠的位置。他聽一輝這麼問，便面露喜色，似乎是感謝一輝轉移話題。

「我今天請兩位出來，主要是為了兩件事。一是我必須告訴你們一項事實，二是我有一件事希望你們能聽聽……先說完前者吧。」

月影語氣轉為嚴肅，開口說道。

「我必須告訴你們的那項事實不外乎別的，一輝，它與你身上發生的狀況有關。」

◆◇◆◇◆

「一輝身上發生的狀況……是什麼……？」

史黛菈聽見那句不祥的話語，不禁露出不安的神情。

月影沒有回答史黛菈——

「一輝應該已經明白我的意思吧？」

他轉而問向一輝。

一輝回以頷首。

他確實有印象。

「我在與史黛菈的比賽當中，使用了第二次〈一刀修羅〉。您指的是這件事吧？」

「正是。」月影肯定一輝的答案。

「所謂的魔力，即是伐刀者與生俱來，能夠影響世界的能力。

因此，魔力總量等同於該名伐刀者的命運，一出生便註定其多寡。

不過……世界上還是存在例外，足以顛覆這個前提。

有人能以自身強韌的意志斬斷命運之鏈。

這些例外超越生而為人的靈魂極限，擺脫命運的掌控。

我們稱呼這群人為〈魔人(Desperado)〉。」

月影解釋道。

在一輝原本的命運之中，當他被史黛菈的〈燃天焚地龍王炎〉吞噬的一瞬間，就已經註定敗北。

但是他將自己對史黛菈的愛意化作燃料，一舉甩開敗北的命運。

運轉世界的命運只賦予「黑鐵一輝」這名人類一定的極限，而他突破這條限制，引發奇蹟——**提升自己的魔力上限**，顛覆命運。

「從那一刻開始，你的靈魂就異於尋常伐刀者，登上完全不同的層次。像你這樣的覺醒之人將會脫離這顆星球的命運之輪，單憑訓練就能提升魔力上限。這次我的第一個目的，便是告知你〈魔人〉的存在，讓你明白自己已經踏進〈魔人的領域〉。」

「等、等一下！」

此時，史黛菈突然從旁介入月影的解釋。

她滿臉焦躁：

「我確實見到一輝魔力增加的瞬間，就算魔力增加近乎不可能，我也認為一輝一定會拚到這種地步。可是呢，月影總理，從你的口氣聽來，你似乎早就知道這種現象了吧？」

「是的，正如您所說。當然，不只是我，聯盟總部也熟知這個現象。我身為國際魔法騎士聯盟加盟國的領導人，有義務將這個領域(stage)的真相，告知經歷覺醒的〈魔人〉。」

「——！」

史黛菈聽完這句話，臉上的焦躁轉為憤慨。

「法米利昂皇國並未得知這個真相！父王從未告訴過我類似的事情！說到底……你們為何要保持沉默？『魔力上限從出生開始就不會變化』，而你這番話可是徹底推翻這個世界的常識，如此事關重大……！聯盟應該要向所有加盟國一五一十地全都說清楚才是啊！」

史黛菈對著月影咄咄逼人。

這也難免，她不僅是一介學生騎士，同時身為法米利昂皇國的第二皇女。

她的地位足以干涉一國的行政機關中樞。

所以，當她聽見聯盟對自己的國家有所隱瞞，她不能當作沒聽見。

伐刀者能夠擺脫魔力上限。

倘若只有部分國家才能獨享這項知識，這等於是對其他同盟國的背信行為。

一旦演變至此，他們也不得不考慮脫離聯盟。

月影面對法米利昂皇國第二皇女的憤怒，則是代表聯盟解釋：

「史黛菈公主會憤憤不平也是難免，不過……您誤會了，聯盟並非欺瞞法米利昂皇國，與部分國家獨占〈魔人〉的知識。聯盟會隱藏〈魔人〉的存在……單純是因為『危險』兩個字。」

「危險？」

「是的，若想踏入〈魔人〉的境界，首先**該名伐刀者必須擁有強韌的意志，即使自己的可能性琢磨至極限，仍舊打算繼續登峰造極**。這是促成覺醒的必備條件……但是，您認為在這世界上，究竟有多少人能如此嚴厲地鍛鍊自己？」

「這……」

「史黛菈公主，您的實力如此強悍，所以您應該能理解，這般嚴以律己並非說模仿就能模仿得來；同時，您身為主掌一國行政大責的皇族，應該也能想像……一旦欲望無窮的『領導人』得知這項境界，會引發何等悲劇。」

「唔……」

史黛菈頓時瞪大雙眼，倒抽一口氣。

史黛菈身為皇族，她熟知國家組織的機制，更擁有掌控國民的龐大權力，當然能輕易想像那悲慘的結果。

「強大的伐刀者對國家相當重要，人數是能多一個是一個。

倘若大肆宣揚提升魔力上限的方法，必定會出現一種現象：某國的領導人逼迫該國的伐刀者接受足以致命的訓練，試圖強行提升伐刀者的可能性。

……然而，單靠第三者的揠苗助長，根本無法抵達覺醒的境界。

要想超越命運，必須仰賴自身的意志力。

即使對伐刀者強行施以嚴苛至極的訓練，令其遊走於死亡邊緣，只會引發無數悲哀的結局。因此，聯盟為了避免這類悲劇發生，隱匿〈魔人〉的存在。聯盟旗下只有早已誕生出〈魔人〉的國家，而且是該國內極為少數的人士才能得知這項事實。我們並不是懷抱惡意欺瞞法米利昂皇國，希望您能體諒我們的苦衷。」

史黛菈聽完月影的解釋——

「……嗯，既然是這樣……我也能理解啦。」

她收起憤慨的態度，表示諒解。

她可以想像，也知道一旦公開就無法避免悲劇發生，所以她接受聯盟的決定。

不要說獨裁國家，即使是民主國家也在劫難逃。

伐刀者只要歷經危及性命的危險經歷，就能跨越魔力上限，變得更加強大。一旦出現這樣的輿論，絕對少數的伐刀者一定會陷入人權上的危機。

聯盟負責統帥所有的伐刀者，他們會隱藏這件事也是在所難免。

——一輝見史黛菈冷靜下來，便安心地鬆了口氣。

「不過，既然是只有早已誕生〈魔人〉的國家才能得知……也就是說，日本除了我以外，早就出現其他〈魔人〉了嗎？」

他開口說出對話途中產生的疑惑。

月影點了點頭，給出肯定的答案：

「日本籍的〈魔法騎士〉中只出現過兩位〈魔人〉。

一位是與〈大英雄〉黑鐵龍馬存活於相同年代，傳說中的騎士——〈鬥神〉南鄉寅次郎先生；

另一位則是這邊這位〈鬥神〉的愛徒——〈夜叉姬〉西京寧音小姐。

而說到外國籍人士，阿斯卡里德先生也是隸屬於聯盟的〈魔人〉之一。」

「寧音老師嗎……！」

「哎呀，妾身也不是隨隨便便爬上世界排行第三的位置……妾身跟某個傢伙不一樣，那傢伙可是怕死覺醒，沒多久就引退了呢。」

「…………」

寧音向黑乃投去責備的眼神，黑乃則是尷尬地移開視線。

兩人之間的氣氛不同於平時的鬥嘴打鬧，隨時可能一觸即發。

月影似乎察覺這股氛圍，用力拍了拍手，拉回話題。

「解釋的順序稍微顛倒了呢。所以，就如同我剛才對史黛菈公主解釋的內容，今天騎士聯盟加盟國的領導人會主動接觸新誕生的〈魔人〉，就是為了告知你，〈魔人〉的存在會嚴重危及全體伐刀者的人權，希望你明白危險性之後，不要四處張揚。你能理解嗎？」

「是，關於第二次的〈一刀羅剎〉，不論提問的人問了什麼問題，我表面上都必須回答『是從體內深處激發出來的』，不能提到魔力增加。您是這個意思吧？」

「你一點就通，真是幫了大忙呢。」

一旦有伐刀者在公開場合經歷覺醒，聯盟便會提供這樣的「官方回答」。月影還沒說出口，一輝就清楚自己該說什麼，他的聰穎讓月影露出滿意的笑容。於是——

「雖說為了全體伐刀者的權益，必須隱匿〈魔人〉的存在，但你們歷經覺醒，超脫於命運之外，不再受命運束縛，只要接受訓練就能提升魔力，是相當優秀的戰力。要是你想繼續增強自己的實力，我身為日本總理大臣，也會不遺餘力地提供協助。甚至是有必要的話，我還能動用關係為你介紹優秀的老師。」

月影代表國家，向踏進嶄新領域的一輝立下承諾，予以支援。

一輝聞言——

「非常謝謝您——雖然我很想這麼回答……」

他溫和的眼眸中，蘊藏如刀鋒一般不容小覷的光輝，向月影說道：

「我沒辦法相信您的為人。您派人襲擊我們的學園，甚至藉助〈解放軍〉的力量，企圖成立〈國立曉學園〉。您的這些行動，若是沒有給我一個合理的解釋，我實在不願意藉助您的力量。」

「黑鐵小弟，說得好啊！就是這樣。」

「您與恐怖分子有所勾結，法米利昂皇國方面也不得不對您抱持疑心呢。」

「老師，您也差不多該解釋一下了。您究竟是抱持何種想法，才會做出這些舉動？」

其他三人也附和一輝。

所有人的焦點聚集在月影身上。

月影彷彿就在等著這個時機——

「我會解釋的……這也是我今天請各位來的第二個目的。」

他向前伸出雙手：

「映照萬象——〈月天寶珠〉。」

伴隨猶如月光的淡雅光芒，月影顯現出自身的靈裝。

◆◇◆◇◆

月影攤開的雙手前方，出現一顆拳頭大小、附有金色金屬點綴的水晶球。

水晶球散發出淡淡金光，飄浮在半空中。

「這就是……老師的靈裝……」

「看起來不像武器呢。小黑也是第一次見到嗎？」

「是啊……老師還在學園的時候，曾經聽說他是非戰鬥系的伐刀者，但我這是第一次見到老師的靈裝。」

「我已經很久沒在人前展示靈裝了。我的靈裝──〈月天寶珠〉，由於靈裝本身的能力……從靈裝出世之時就被認定為日本的國家機密，靈裝的詳細資料當然也對聯盟保密。」

「月影總理這次的種種行動，都和這個靈裝有關係嗎？」

月影聽一輝這麼一問，露出些許疲憊的神情，淡淡笑道：

「詳細的原因可以稍後再談，我想先請各位看看這個。」

他說完，指尖輕彈半空中的〈月天寶珠〉。

〈月天寶珠〉光滑的鏡面頓時泛起微微漣漪，球體下方滴下一滴水珠，隨即落在強化石板製的地板上。

下一秒──

黑夜之中，水珠在一輝等人的腳下掀起耀眼的波紋，照亮地板上的影像。

所有人見到那片影像，紛紛僵住了臉，屏息以對。

「這、這是……！」

月影的靈裝映照出的是——地獄。

某座城鎮陷入一片火海，人們活生生地慘遭火焰紋身。

這幕影像充斥著鮮血、哀號與烈焰，只能用地獄來形容。

「……這、這是、什麼啊……！小、小孩子被……！唔！」

「史黛菈……！」

影像中有一個男孩，他的下半身似乎是被瓦礫壓爛，他以兩手匍匐在地，拖著體內灑出的內臟，拚了命想逃離火焰，紅焰依舊無情地吞噬了男孩。史黛菈見到這幅光景，忍不住摀住嘴，蹲下身去。

一輝立刻奔向史黛菈身邊，輕撫她蜷縮的背部，不過他的表情同樣是一片慘綠。

這也難怪。

眼前的影像並非是單純的影片。

要是普通的影片，史黛菈應該眉頭都不會挑一下。

在場所有人都能確實感受到。

火焰的灼熱蔓延四周。

人們的慘叫如雷貫耳。

以及人類肉體焦黑的臭味。

這一切皆是如此逼真。

更別說，眾人自身的感受已經超越腦袋的認知，他們可以肯定。

眼前的景象貨真價實。

絕無半點虛假，是真正的現實。

「老師……！這段影像究竟是什麼!?」

黑乃無法理解月影的舉動，高聲抗議。

就在此時──

「咦……!?小黑，那個！妳快看那個！」

寧音皺著眉頭凝視影像，此時她像是察覺了什麼，指向影像的某一處。

黑乃順著寧音的指尖看去──頓時一陣戰慄。

寧音指出的位置，正是塔身傾斜的「東京晴空塔」。

「難不成、也就是說，這個地方是東京嗎!?」

「正是。」月影說道：

「〈月天寶珠〉能夠窺視一定範圍內的人或場所的『過往』。但是這份讀取因果的能力，有時會以『預知夢』的形式，顯示現在這條因果線上的『未來』……這段影像正是靈裝之力讓我見到的──未來的記憶。這顆星球的命運要是按照現狀行進，未來的某一天，東京就會化為這副模樣。現在我是從我個人的過去之中重現這段影像。」

「「什麼……!?」」

眾人聽完月影的解釋，同時瞪大雙眼。

「你說這是東京的未來!?」寧音說道。

「怎麼會……!為、為什麼東京會變成這副慘狀……!」

史黛菈語帶顫抖地問道。

月影搖了搖頭。

「我不清楚，我只能『看到畫面』。但是從現今的世界趨勢就能推測出經過。」

月影說完，打了個響指，收起〈月天寶珠〉，同時遮去地板的影像。

「不好意思，讓您見到不愉快的畫面。」他走向跪地的史黛菈，開口道歉，同時伸出了手。

史黛菈卻回以險峻的表情，她無視月影的手，倚靠一輝緩緩站起身——

「我不需要你道歉，繼續說吧……!」

她這麼要求。

其他三人也抱持相同想法，以眼神暗示月影。

月影感受到四道視線聚集在自己身上，便接著說下去：

「我想史黛菈公主也很清楚，現今世界是由三方勢力互相抗衡，以保持表面上的和平。

一為日本隸屬的〈國際騎士聯盟〉；

一為美國、中國、俄羅斯、沙烏地阿拉伯等大國集結的〈大國同盟(Union)〉；

最後是集結世界所有的黑暗面，超巨大犯罪組織──〈解放軍〉。

而諷刺的是，正因為有〈解放軍〉做為第三勢力，〈聯盟〉與〈同盟〉才能抑制雙方做出激烈行動。現階段世界是藉著三國鼎立的形式，避開更大的衝突。

但是……這種平衡已經時日無多了。」

「為什麼呢？」

「因為壽命。」

月影直截了當地回答一輝的疑問。

「這三方勢力各自存在一名實力高強的〈魔人〉。

〈聯盟〉方面是KOK現任世界排行第一的騎士，同時兼任聯盟總部長，名為──〈白鬍公〉亞瑟・布萊特。

〈同盟〉方面，則是一名二十多歲的男人，年紀輕輕便統帥美國引以為傲的〈超能力部隊(scion)〉，名為──〈超人〉亞伯拉罕・卡特。

最後，〈解放軍〉內便是那位從第二次世界大戰前就長期君臨地下世界，惡棍之王，

──盟主〈暴君〉。

正因為三方勢力各自擁有這三名力量超群的〈魔人〉，才能互相抗衡。

但是……〈暴君〉自第二次世界大戰前就名留青史，年歲已高。

他隨時都有可能駕鶴西歸。

到時候，整個世界局勢會如何變化呢？首先，其他二方勢力將會爭先恐後拉攏〈解放軍〉餘黨。」

「你為什麼能這麼肯定……？」

「**因為他們早就開始行動了**，史黛菈公主。」

「……！」

「不只是美國、俄羅斯或中國等〈同盟〉的各國，聯盟的部分加盟國也以各自的路線接觸〈解放軍〉……〈解放軍〉的大部分成員在檯面上都擁有不小的地位，風祭先生就是一個好例子。而〈聯盟〉在這場競爭當中，已經遠遠落後於〈同盟〉。」

「因為〈聯盟〉的母體──騎士聯盟本部對〈解放軍〉採取明顯的敵對方針……是嗎？」

月影用力地點了點頭。

「正是，我以個人的形式與〈解放軍〉結下聯繫，但是這點聯繫還是遠遠比不上組織之間的聯繫，〈同盟〉方與〈解放軍〉的聯繫更深、更穩固。〈暴君〉死後，大部分的戰力將會流向〈同盟〉。而在這場拉攏競爭之後……必然會引發第三次世界大戰。」

月影說道。

〈同盟〉的宗旨是將整個世界分割給數個大國管理；〈聯盟〉則是小國之間同心協力，共同維持現今世界的局勢。

雙方生存在同一顆星球上，卻絕對無法共存。

一旦失去第三勢力——〈解放軍〉，必定會掀起大戰，而大戰的最後……

「我認為大戰的結果，就是我夢見的那副景象。」

「也就是說，老師認為日本繼續站在〈聯盟〉那一方，就會直接遭遇這段未來，所以才採取一連串行動，打算帶著日本跳槽到〈同盟〉方，是這麼回事嗎？」

「……大致上就是這個樣子。世界最強大的大國——美利堅合眾國孕育出〈同盟〉最強的男人——〈超人〉亞伯拉罕．卡特，他年紀尚輕，歲數上的風險不高，再考量到〈同盟〉與〈解放軍〉擁有穩固的聯繫。即使日本必須吞下些許不利的條件，只要加入〈同盟〉，就能從毀滅的未來之中解救日本。我認為這是拯救日本的唯一方法，所以才付諸行動。日本決定去留〈聯盟〉之前，必須經過公投。我設立〈曉學園〉，以其強大的實力將局勢推往脫離聯盟的方向，正是為了在公投時獲取過半數的贊成票。」

已經過了十年以上的歲月。

月影自從夢見那場噩夢，他便一心一意，只為了達成這個目的而活。

他原本只是一名教師，卻為了這個心願，從毫無票倉的普通人，拉攏高舉〈反聯盟〉旗幟的有力人士，帶動輿論，擊退保守派的舊執政黨，掌握政權。

月影沒有任何戰鬥能力，他只能這麼做。

但是──

「……這個夢想終究是落空了。〈曉學園〉敗北後，輿論開始偏向重新評價〈聯盟〉的方針。脫離〈聯盟〉是相當激烈的改革，但照目前的局勢來看，這個方針不可能贏得過半的民意……也就是說，我敗給了你們。」

月影垂下雙肩，嘆了口氣。

──不過。

「您雖然這麼說，看起來卻挺開心的。」

一輝觀察出對方的情感，卻與對方的話語大相逕庭。

月影並不否認。

這十年的歲月深深刻印在他的面容上，但是他更加皺起那些細紋，露出微笑：

「……呵呵，是啊。這十年來，我堅信這是唯一的救贖，一路奮戰過來。但是現在，我的心中只有滿滿的喜悅。」

他回答的語氣中，不存在任何一絲悔恨。

因為，就在他自己獨自驚慌，離經叛道，一味哀嘆未來的時候──

「原本稚嫩的力量已經成長茁壯，強得足以打破命運的束縛……」

月影在這場七星劍武祭當中看到了。

年少的力量相互交融、琢磨，最後粉碎命運之鍊的瞬間。

自己只能在命運的五指山中苦苦掙扎，沒有從根本去解決一切；而這些年輕人不同，他們正面挑戰，堂堂正正超越命運。

當他見到那道身影，他明白了。

自己該主動走下舞台了。

「我的能力只能窺視運轉這顆星球的命運，至於身在命運之外，踏入〈魔人領域〉的人們，我是沒辦法看見他們的過去，以及他們創造的未來。正因為如此，我可以相信……若是由你、由你們來主導，必定能讓這個國家脫離我所見到的絕望，帶往全新的未來。」

那麼，自己能做的只剩下一件事。

月影察覺這點，環視眾人一圈後，

——露出彷彿獲得救贖的笑容：

「……這個國家、這個世界，就拜託你們了………」

他將自己的心願、心愛祖國的未來託付給年輕的力量。

「……那時候，月影總理哭了呢。」

「嗯。」

一輝回想起昨晚，月影最後露出的表情，他點了點頭。

當時，月影的眼角確實浮現小小的淚珠。

他的神情疲憊不堪，令人於心不忍，卻又像是得救了似的。

史黛菈也感受到月影的心情，所以——

「我之前很討厭那個人。不管他有什麼理由，他都傷害學園的大家，我還心想一定要揍他一拳的。可是……」

史黛菈說，自己已經沒辦法恨他了。

史黛菈出生於皇室。

她非常清楚，政治圈是多麼可怕的地方。

月影只花了短短十年，就爬上一國行政首長的位置，他碰到的困難可想而知。

月影的容貌上，勞碌的痕跡清晰可見。

但月影撐過去了。

一切都是為了拯救心愛的祖國。

史黛菈同為政治人物，她深深為月影的行動力、意志力感到敬畏。

她沒辦法憎恨他。

而且他們也因為勝過了曉，間接重挫月影的心願。

「勝利就是背負他人的期待……發表代表選手的時候，刀華學姊曾經這麼說過。我想……我們確實背負月影總理的心願，而且這份心願大到難以想像。」

不，即使沒有月影的期待，他們也不能讓那副景象成真。

月影推測，聯盟將會在第三次世界大戰中敗北。

假設前述的未來最後真的會映照出那副景象，法米利昂皇國同為聯盟加盟國，絕不可能置身事外。

更重要的是，對史黛菈來說，日本已經等於第二個故鄉。

這個國家裡有太多重要的朋友。

她想守護他們。

──她一定會保護他們。

史黛菈放在膝上的雙手緊緊握拳，低著頭拚命地說服自己：

「我必須變得更強、更強……要像一輝一樣超越自己的極限……！」

一輝見到這樣的她──

「……史黛菈。」

他從旁拍了拍她的肩膀，呼喚她的名字。

「嗯──姆唔!?」

並且在史黛菈可能回過頭的位置豎起指頭，她一回頭，指頭正好戳中臉頰。
史黛菈見一輝忽然做出幼稚的惡作劇，揮開一輝的手指，驚呼出聲：
「你、你突然間的做什麼啊!?」
「妳太緊繃了。」
一輝則是一本正經地勸道：
「我知道妳很有幹勁，但是把自己逼太緊會受傷的。月影總理的話確實令人吃驚，我們也絕不能讓那副景象化為現實，但是……我們〈魔法騎士〉本來就應該從那樣的危機當中，拯救無力的人民，我們是為此而存在的。騎士不是運動員。史黛菈原本也是一心想守護故鄉、守護國民，才一路行走於騎士道上，不是嗎？」
「啊……」
「那事到如今，妳也沒必要緊張，反正史黛菈不會允許自己鬆懈。妳只需要像以前一樣，全力邁向騎士的巔峰……妳總有一天會超越自己極限。只要有那個必要，妳一定會做到的。」
更何況——
「月影總理把〈魔人〉形容成特別的存在，但我不這麼認為。」
一輝說道，接著將視線從史黛菈身上移向在場的眾人。
「我一路和在場的大家奮戰過來，所以我很清楚。

包含史黛菈在內，這裡沒有任何人會輕易輸給自己。

為了自尊、為了夢想、為了他人──他們一定能輕易超越自己的極限。」

他語氣堅決地說道。

一輝真心相信眾人。

正因為一輝曾與他們激烈碰撞彼此的靈魂，他才能肯定。

在場的所有人絕不會讓月影的噩夢實現。

為此，他們一定會想辦法撐過來。

他們會跨越自身的界限。

就如同七星劍武祭決賽的自己。

因為這裡的每個人，全都不服輸到了極點。

「我們只要能和大家同心協力，不管碰到什麼障礙，一定都能破關斬將。」

一輝說完，手掌緩緩覆上史黛菈的手，輕柔但有力地握住她。

──妳的身邊還有我。

他彷彿在暗示史黛菈：妳沒必要一個人背負未來。

史黛菈聽完一輝的話──

「是啊……說得也是。」

她也回握一輝的手：

「我很仰賴你喔，一輝。」

並且露出一如往常的開朗笑容，輕輕靠在一輝肩上。

她的笑臉中已經不見方才那抹令人不安的緊繃。

史黛菈在昨天看見未來的景象之後，表面上強裝平靜，臉上卻洩漏濃濃的焦慮。

她身為皇族的立場，以及生來強烈的責任感。

這些重擔占滿她的心思，使她不由得著急了起來。

不過如此沉重的未來，本來就不可能只靠史黛菈一個人，或是在場的眾人去處理。

一輝一語道破，史黛菈才明白這點。

這樣一來，她應該不會因為過度的責任感勉強自己。

一輝暫時鬆了口氣——

（對我來說，比起不知何時才會到來的未來，眼前的障礙還比較傷腦筋啊。）

他一想到日漸逼近的法米利昂之行，內心嘆息連連。

畢竟他只能憑自己的力量跨越這道高牆。

自己可是打算從法米利昂國王手中奪走史黛菈。

……身為一名父親，眼睜睜看著不知從哪冒出來的男人拐走自己的女兒，究竟會是什麼心情？

一輝還沒有孩子，他不太能體會。

不過他知道——這場會面絕不會太和平。

（到底該怎麼起頭才好……？）

正當一輝煩惱招呼的內容——

「喔？真的嗎？太感謝啦！」

諸星和某人通完電話後，站起身，大聲向眾人宣布：

「喂，各位！附近有一間澡堂的老闆說雖然今天店休，不過他願意讓我們包下澡堂喔！反正大家肚子填得差不多了，我們就一起去澡堂吧！」

慶功宴上的眾人同時發出歡呼。

「咦!?阿星你說真的嘛!?是井倉先生那裡對吧！」

「哎呀哎呀，真不錯呢。大家一起泡澡，讓我想起以前去『若葉之家』玩的事呢。」

「我聽穎的右手啊，澡堂是什麼？」

「就是庶民使用的公共浴池。在那裡大家都裸著身體也就是說大小姐也裸體我也裸體兩個人像是剛出生的嬰兒一樣一起光溜溜溜溜溜溜溜溜溜」滴答滴答滴答（鼻血）。

「夏爾————!?」

史黛菈來日本才數個月，對這個提議非常有興趣。

「一輝、一輝！日本的澡堂就是那個對吧！浴池上面畫著很大的富士山的那種！」

「東京的澡堂確實是有富士山……不過大阪有嗎……？」

「沒有的話就叫莎拉畫吧！」

「咦？」

「我一直都想去一次看看！走嘛，我們快點去澡堂吧！」

莫名飛來的委託讓莎拉頓時傻住。史黛菈則是不管莎拉，站起身牽起一輝的手，像是孩子似地催促一輝。

珠雫則是淡淡瞥了史黛菈一眼。

「看您淫亂得正開心真是不好意思，澡堂可不是混浴呢。」

「淫、淫亂並不是動詞好嘛！我當然知道啦！」

……於是，七星劍武祭落幕後，大阪最後的夜晚顯得更加熱鬧非凡。

以唯一的巔頂為目標，拚死奮戰數個月。

催生無數的故事，並結下同等數量的羈絆。

年少的眾人將羈絆埋藏於心中，享受短暫的休憩時光。

接下來，他們將會離開這個地方，

各自邁向他們期望的未來——嶄新的目標（stage）。

第二章〈深海魔女〉與〈白衣騎士〉

七星劍武祭結束，參賽選手們迎接遲來的暑假。

這一天，珠雫在車站與準備回鄉的有栖院道別後，獨自搭上磁浮列車，來到了廣島。

她要前去拜訪廉貞學園三年級生・藥師霧子。

對方是醫生，工作繁忙，她事前當然先與對方約好會面。

霧子非常歡迎珠雫來訪，立刻就答應了，這也讓珠雫嚇了一跳。

珠雫要在廣島過上好一陣子，行李箱中塞滿生活用品。她拖著行李箱，穿過藥師綜合醫院的正門。

她來到寫著接待處的櫃檯前，對坐在櫃檯內的行政人員說道：

「不好意思，我是黑鐵珠雫，來自東京。霧子小姐請我抵達醫院之後，直接在接待處（這裡）報上姓名……」

「啊，是黑鐵珠雫小姐嗎？院長已經吩咐過我們了。」行政人員回答完，隨後拿出一本簡介。

「醫師目前正在特別病房大樓的三樓巡診，能請您直接過去一趟嗎？這是院內的地圖。」

「謝謝您。」

珠雫點頭回禮後接過地圖，沿著地圖走在寬廣的醫院內。

她從兩棟高大的大樓走進中庭另一端的特別病房大樓，搭上電梯前往三樓。

而在那裡——

「咦……？」

眼前的景象令珠雫不禁感到疑惑。

簡而言之，特別病房大樓的三樓看起來完全不像醫院。

但所謂的「不像醫院」，並不是說院內裝潢有如VIP專用的醫院那般富麗堂皇。

這裡的裝潢和其他大樓相去不遠，不過大樓內的人們看起來一點都不像在住院。

這層樓沒有人穿著病人袍，女人們甚至化了妝，在各個角落開心地聊天；也有孩子們坐在沙發上，一邊吃點心一邊玩卡片遊戲。

這個地方感覺相當有活力。

她真的在這裡巡診嗎？珠雫心中閃過一絲不安，但地圖標示的位置是正確的。

她只好一一探看每一間病房。

——最後，她在第三間病房內找到她的目標。

〈白衣騎士〉藥師霧子面對病床上的老人，握著老人的手腕。

珠雫一開始以為霧子是在摸脈，不過霧子的神情相當集中，她手中的手腕還散發出淡淡水藍色的魔力光芒，能看出她是在使用某種魔法。

她應該是在使用治癒術，那現在可不能打擾她。珠雫心想，便吞下正要出口的招呼，遠遠注視霧子工作的模樣。

「好了，今天的治療結束了。吉岡先生，感覺有好一點嗎？」

「有啊，身上的疼痛像是憑空消失了。這樣就能和我家婆婆一起去吃飯啦。謝謝妳，醫生。」

「呵呵，不要喝太多酒喔？」

「嘿嘿嘿，我喝醉之後還記得的話再說！」

老人露出滿口黃牙，咧嘴一笑。霧子則是聳了聳肩：

「真是令人困擾的患者(Kranke)呢。」

她的神情中沒有憤怒，也沒有無奈，只是微微地笑著。

（身為醫生這樣好嗎？）

珠雫不由得疑惑起來。此時——

「霧子！家人買了蛋糕來，聽說這間蛋糕最近評價不錯呢。等妳結束之後，要不要一起來喝茶？」

「不好意思，我之後跟人有約——哎呀。」

別床的病人問著霧子，而她回過頭來時，正好與珠雫對上眼。

「珠雫，妳已經到了啊。」

「是，我才剛到……這裡的病房真是有朝氣，我一瞬間誤以為自己誤闖職員宿舍了呢。」

「嗯哼，真抱歉，有點吵吧？」

霧子的指尖靠上唇邊，優雅地笑道。

接著，她忽然滿懷歉意地垂下眉角，對珠雫說：

「……妳難得來這一趟，真不好意思。這次巡診的時間有點趕，到現在還沒巡完。就剩這間病房的病患而已，可以請妳再等一會兒嗎？」

珠雫聞言——

「您這麼忙碌，原本就是我突然來打擾，請別太在意。」

她這麼答完，便踏進病房，站到一旁以免妨礙旁人，同時參觀霧子的治療過程。

在霧子巡診的過程中，也一直有病患上前閒聊。

「醫生——！聽我說聽我說！明天我要跟爸爸媽媽一起放煙火喔！」

「喔？真棒呢。旁邊那件浴衣就是明天要穿的衣服嗎？」

「嗯！然後啊，我想問醫生要不要一起來！」

「嗯——……我明天晚上沒有事，可以喔。」

「好耶！」

「那我可以帶認識的小孩子一起去嗎？」

「嗯！」

從老人到小孩。

所有人都對霧子露出微笑，能感受到他們對霧子的感激與信賴。

旁人看來，這副景象實在令人莞爾。不過——

「醫生……總是麻煩妳了，謝謝妳……託妳的福，我才能見到孫子，我已經沒有遺憾了……」

「咦？」

圍繞在霧子身旁的其中一名病患，一位四十多歲的女子這麼說道。珠雫不禁心生疑惑。

「沒有遺憾……？」

對方的年紀並不老，怎麼會這麼說？

珠雫的疑問一出口——

「哎呀，這位小姐不知道嗎？」

離珠雫最近的病床上，有一位讀著書的老太太回答了她。

「這層樓的所有病患全已經病入膏肓，剩沒多少日子了呢。」

「咦……!?」

珠雫頓時大吃一驚。

「您、您是說，連那麼小的孩子也是嗎!?」

老太太緩緩點頭，回以肯定。

「這裡的所有人，都得了現代醫學無法治療的疾病，原本只能在病床上度過短暫的餘生。不過，霧子醫生以她的力量幫我們瞞騙病體，讓我們可以撐到壽命結束的前一刻。多虧霧子醫生……我們可以順利和家人聚餐、化妝打扮，還能到處出遊，可以盡情享受人生，直到生命的最後一秒鐘……大家都很感謝霧子醫生呢。」

（原來如此……）

珠雫這才明白。

霧子方才為何沒有認真告誡病患喝太多酒。

因為現在的他即使減少飲酒，身體也無法好轉。

「社會上都以戰鬥能力的強弱判斷伐刀者的能耐……但是騎士並非只能戰鬥。對我們來說，〈白衣騎士〉比任何偉大的騎士都還像個英雄。所以妳要好好向她學習，〈深海魔女〉小姐。」

「您認識我？」

「別看我這個樣子，我也是個伐刀者，還曾經上過國內聯盟排行上位呢。我看了七星劍武祭的轉播，現在的年輕人真是亂來呀。」

就在珠雫與老太太閒聊的期間，霧子也結束所有巡診，小步奔向珠雫。

「讓妳久等了。真對不起，大家實在太愛聊天了。」

「……不會，感謝您在百忙之中撥空與我見面。」

霧子急忙揮手，表示要珠雫別太在意。

「沒關係、沒關係，我也有事想跟珠雫談呢。」

她這麼說道。

「咦？跟我、是嗎？」

「是啊……這裡沒辦法好好說話呢，總之我們先換個地方吧。」

◆◇◆◇◆

珠雫跟隨霧子搭上電梯，來到特別病房大樓的地下室。

電梯門一開啟，眼前便是六坪大的空間，燈光有些昏暗。

水泥牆裸露在外，牆上排滿一列列書架。書架上塞滿書本，一眼望去，書封、書背上的文字並非日文；房間中央放著外觀樸素，彷彿只用鐵板與鐵管組合起來的手術台。

這裡乍看之下，就彷彿是一間手術室……

「這裡是？」

「這裡是我個人的實驗室，就像我自己的房間一樣。」

霧子答道，並且走向房間角落的咖啡機。

「請自便吧。飲料喝咖啡可以嗎？」

「沒關係，我並不是來閒聊，不用麻煩了。」

「嗯，妳說有事想麻煩我，是嗎？」

珠雫點點頭，往霧子的方向跨出一步，說出來意：

「我希望……霧子學姊能傳授您的水魔法，也就是治癒術！」

「……我大概也猜到了呢。」霧子說道，接著喝下一口咖啡。

「我們之間的交集，也只有同為〈水術士〉這一點了。」

「我當然不會厚臉皮地請您免費教我。看是要在我身上做奇怪的人體實驗，還是其他的……只要我辦得到，我什麼都願意做！」

「哦……真是了不起的決心，不如就請妳成為新術式的實驗體吧？我打算將淋巴液全部抽出體外清理，以便驅逐轉移到淋巴的癌細胞——」

「沒問題。」

珠雫立刻答應。

她是認真的。

畢竟對騎士來說，隨便將自己的技術透露給他人，有害無益。

若是那名魔法騎士正在召集門徒，倒還好說；霧子同樣還是學生，珠雫卻要求她傳授技巧，原本就不合理。

珠雫既然要求對方放棄原則，她也做好同等的覺悟。

霧子見到珠雫的堅決，則是面露苦笑：

「……呵，開玩笑的。諸星那件事已經讓我吃夠苦頭，之後我都是用自己的身體來做那些危險的實驗，所以我不需要妳當實驗體。珠雫幫不了我什麼呢。」

所以──

「我不需要妳回報，我就無償教妳我獨門的治癒術吧。」

「咦？真、真的嗎!?」

珠雫聽了霧子的話，語氣訝異不已。

「有必要這麼吃驚嗎？」

「因、因為騎士基本上不會隨便傳授自己的技術。」

「我又不是騎士。」

霧子毫不介意地說道。

醫術要廣為傳播，才能發揮它的價值。

她沒道理藏私。

「而且珠雫感覺很有才華，老師很樂意教妳喔。」

若是如此，對珠雫來說自然是如願以償了。

她深深低頭道謝。

「非、非常謝謝您。」

不過——

「……但是呢。」

霧子此時突然語調一轉。

她放下尚未喝完的咖啡杯，走向珠雫：

「這也稱不上回報，我希望妳能答應我一個條件。」

「條件？」

「我希望妳在開始修行之前，先接受我的治療。我會想請妳過來，也是為了這個——目的。」

霧子輕輕一戳。

真的只是指尖微微碰到的程度，她輕戳珠雫的心窩。

「————!?!?!?」

剎那間，珠雫的體內產生一道閃電，從腳尖竄上頭頂。

「～～～～～～～～～～～～～～～————!!」

劇痛。

觸電般的劇痛讓珠雫痛得叫不出聲。

這道劇痛來自於霧子的指尖觸碰的部位。

激烈的疼痛讓珠雫撐不住身軀，不支倒地。

「妳、到底、做、了什麼……!?」

她滿頭大汗，神情扭曲地瞪向霧子。

霧子公布答案：

「我什麼也沒做，只是輕輕戳了一下，結果妳卻痛成這副模樣……為什麼呢？因為妳的身體出現部分扭曲了。」

「扭、曲……!?」

「也可以說是有裂縫。妳的伐刀絕技能汽化自身的肉體，使物理攻擊失效……說得簡單點，這一招等於是讓曾經死去的自己復活。所以使用者必須具備高度的魔力控制力，以及高深的人體知識。妳對人體的認識還不夠充分，所以在重新構築肉體時，體內有數個部位產生歪斜，我剛才戳的地方正是其中之一。妳直到我戳中歪斜部位之前，應該都沒有感覺到任何異狀，但妳要是繼續放任這些歪斜不管，不久之後，那些部位就會帶來足以致命的損傷。」

「唔……」

「我請妳來的目的，就是要讓妳接受治療。假設妳想學習我的治癒術，我就更不能讓步……不過，患者都送到眼前了，直到痊癒為止我可不會放妳走哦。」

下一秒，霧子從白袍的口袋中取出小型的板狀機器，按下上頭的按鈕。

接著房間與電梯之間便降下了隔牆。

霧子是認真的。

珠雫能感受到。

一旦自己拒絕治療，她就會動用武力逼她就範。

不過珠雫也沒理由拒絕霧子的提議。

「我、明白了……就麻煩您了。」

「我最喜歡乖巧的患者了。那麼，請妳先脫下衣服，只留內衣，然後仰躺在手術台上。」

珠雫順從地聽從指示。

她當場褪下外衣，身上只剩下貼身衣物，躺上手術台。

同時霧子打開上方的手術無影燈（註2）。

白光突然點亮原本昏暗的空間。珠雫刺眼地瞇起雙眼，問向霧子：

「大概要花上多久時間呢？」

「應該要半天左右呢。不過妳放心，我會幫妳施展麻醉魔法，對妳來說應該只是短短一瞬間就好囉。」

等妳睡醒，一切都結束了。

珠雫聽完霧子的話，卻表情堅決地對她說道：

「……您的好意我心領了，能請您不要上麻醉嗎？」

註2　手術時用來照明患部的特殊燈具，能消除四周陰影，並且清楚呈現色彩，以提高手術精準度。

「嗄?」

霧子聽見珠雫的請求,不禁傻住。從她平時聰明伶俐的形象,實在難以想像她會露出這副傻乎乎的表情。

但是這也難免。

珠雫的請求毫無意義。

不過那是從霧子的角度來看。

對珠雫來說,這個請求意義重大。

她說道:

「難得能親身體驗日本第一的醫生——〈白衣騎士〉的治癒術,我不想浪費這千載難逢的機會。」

霧子一聽,神情頓時有些不悅。

「……我說啊,妳忘記剛才有多疼了嗎?我剛剛還只是從外側輕輕戳,現在可是要直接用手鑽進那個部位裡到處搓揉,而且要處置的部位還有好幾個。常人根本無法忍受這種劇痛,妳要是痛得亂動,害我不小心失手就糟了,我不能答應妳。」

她果斷拒絕珠雫。

珠雫的提議等於是要霧子不上麻醉,直接開刀剖開腹部進行手術。

霧子身為醫生,怎麼可能接受這種提議?

但是——

「我可以忍耐。」

珠雫毫不退縮。

她的眼神堅定，表示她絕不會退讓。

「我唯一不能忍受的就是……最重要的人陷入危機，我卻只能乾瞪眼，什麼也辦不到……！」

她的語氣急迫，彷彿豁出了性命。

珠雫指的是什麼時候？

霧子身為當事人，當然明白她的意思。

當時的珠雫束手無策，只能在手術室面前嚎啕大哭。

她想幫助一輝。她的心中懷抱這個念頭，比任何人都強烈，更比任何人長久。

但是——

自己在緊要關頭時，卻沒有足夠的實力達成自己的心願。

幸虧當時霧子這位名醫急忙趕到，一輝才能得救。倘若霧子不在場……一輝早已丟了性命。

沒有一輝的世界。

珠雫光是想像那景象就快瘋了。

她無法接受。

她絕不能容許這種結果。

那麼她該怎麼做？

答案只有一個。

「我想變強……想變得更強……！我想強得能治好任何傷口，不論碰上任何絕境，都能幫助哥哥——**那怕是快上一秒也好！**」

一輝的同伴之中只有自己能使用治癒術。唯有自己能辦到。

這是自己的使命。

霧子望著珠雫頑強的表情——回想起一個人。

曾經有個男人和她一樣，為了達成自己應盡的義務，一一突破眼前的所有阻礙。

「……唉，你們這群騎士都是這副德行，完全不願意聽從醫囑呢。」

霧子無奈地嘆息。

「不過……人的性命不只是用來珍惜而已呢……」

她從手術台下拿出束縛病患用的皮帶。

接著用皮帶綁住珠雫的四肢。

她接受珠雫的意志。

「醫生，謝謝您。」

「妳用不著道謝，因為妳馬上就會後悔到想死的程度。來，咬著這個。」

最後，霧子讓珠雫咬著口銜，固定她嬌小的雙唇。

要是不這麼做，珠雫一定會痛得咬斷自己的舌頭。

霧子結束準備工作後——

「……我若是判斷妳的狀況過於危險，我會強行**中斷妳的意識**。妳如果不希望我這麼做，就好好把持住自己。」

她在自己的右手上施展治療用的魔法。

她的指尖纏繞天藍色的魔力光芒，伸向方才戳中的腹部，接觸歪斜的部位——

接著「噗滋」一聲，手指有如戳進泥濘似的，整隻手指沉入珠雫的腹部。

© Won

# 第三章 法米利昂皇國

有栖院與珠雫各自啟程前往目的地後，過了數天。

一輝與史黛菈兩人出發前往法米利昂皇國。

兩人從學園轉搭電車前往機場，經過各項手續後，有專人帶領他們登上ＶＩＰ專用包機。

所有機組員列隊歡迎兩人，他們登上鋪有胭脂色地毯的登機梯，進入機內。機艙的景象頓時嚇得一輝一愣一愣的。

機艙中設有酒吧、客廳、小型劇院，寢室裡還有一張 King Size 的特大雙人床，甚至還附設浴室，應有盡有。

機艙內宛如高級旅館，完全無法想像他們是在飛機裡頭。

史黛菈似乎也沒搭過如此高級的客機，她和一輝一樣難以置信，瞪大雙眼，接著興致盎然地四處探看。

兩人能有如此豪華的待遇，似乎是和日前〈黑騎士〉來襲有關。月影為了表達歉意，特別為兩人準備這架飛機。

不過，如月影這般老奸巨猾，這麼做想必是懷抱其他企圖。他為兩人提供舒適又浪漫的空中之旅，應該是想讓兩人更加相處融洽，好加深日本與法米利昂皇國的友好關係。

但是月影的企圖與兩人無關。

史黛菈認為對方既然準備了大禮，就要好好享受一番，於是她看看電影、泡了按摩浴缸，接著又跑去做精油按摩，盡情享受這趟空中之旅。

另一方面，一輝始終沒心情享受旅行。

他和史黛菈一起看了電影，電影劇情卻完全進不了腦海裡；機上的晚餐端出了豪華的京都懷石料理，吃起來應該是相當美味，但是他根本不記得味道。

有個煩惱現在徹底占據一輝的腦海。

——拜訪史黛菈雙親的日子，就在明天。

一輝滿腦子都在思考明天該如何進展。

就史黛菈的說法，母親是尊重史黛菈的意願，事實上只需要思考如何說服她的父親，也就是法米利昂國王。

（……到底該怎麼開口？）

一輝深深靠在客廳的沙發上，抱頭苦思。

這方面他毫無經驗，腦中一片空白。

雖說他不清楚該怎麼做——

（總之，之前被軟禁在聯盟分部時想到的那個方案……還是先放棄好了。）

他當時想到的方案是拿出男子氣概，不閃不躲，直接下跪表示誠意，並盡他所能地吶喊：「請把女兒交給我。」

很不巧，那時候他的父親突然冒出來，還一臉嚴肅地拒絕他：「我才不會把女兒交給你。」感覺太不吉利了。

而且，不管他再怎麼想坦率傳達自己的誠意——

（一照面就下跪，還是太、該怎麼說？太唐突了。）

凡事都該有個先後順序。

對方根本沒打算接受自己的誠意，自己卻強押給對方，這才真的是沒誠意。

這麼做根本只是自我陶醉罷了，絕對行不通。

（總而言之，首先必須讓史黛菈的雙親願意接納我的誠意。）

應該從這裡開始。

這才是一切的起點。

不過該怎麼做才能抵達那個起跑點，又是另外一個問題了。

就在此時——

「呼——」

「～～～～!?!?」

忽然有人無預警往一輝的耳裡吹氣，那股觸感讓一輝寒毛直豎。

而這麼做的人當然是史黛菈。

「史、史黛菈!?呃、妳、妳突然間做什麼啊!?」

史黛菈像是鬧起彆扭，鼓著雙頰抗議：

「還問我做什麼！我從剛剛開始跟一輝說話，你都敷衍了事，心不在焉的。你在發什麼呆啊！」

一輝聞言，表情不由得尷尬起來。

他根本不記得自己有聽見史黛菈說話。

他可能是無意間忽略掉了。

「抱、抱歉……我在想事情。」

「你該不會是因為明天要見我的父母，覺得很緊張吧？」

史黛菈在一輝身旁坐下，一邊問道。一輝點了點頭：

「……唔、嗯，下了飛機之後，馬上就是重頭戲。我一想到這裡就……」

「也難怪你會緊張，畢竟是要以伴侶的身分問候另一半的家人嘛……我那次見到一輝的父親，也是嚇得全身硬邦邦。現在光想起來就覺得丟臉……」

「哈哈，之前也曾發生過這件事呢。」

七星劍武祭期間，史黛菈在醫務室裡偶然碰上一輝的父親・嚴。一輝想起史黛菈當時的舉動，和以前的自己完全一模一樣，不禁揚起笑意。

「當時的史黛菈很努力，而這次輪到我了。可是我很煩惱，到底該怎麼開口才對。」

「最好不要下跪。」

「我下意識也覺得不要這麼做。」

問題是他想不出替代方案。

一輝根本沒碰過要跟他人父母打招呼的狀況，也沒有對方的情報。

此時，一輝突然靈機一動。

沒經驗的事確實是無可奈何，但他有辦法收集到情報。

若是向史黛菈問出她父親喜歡的東西等等資訊，或許能抓到一些靈感。

「史黛菈，妳知道妳父親喜歡什麼嗎？」

「父王嗎？」

「嗯，要我突然切入正題……還是有點可怕，有沒有閒聊的話題可以拿來暖場，或是當作掌握步調用的小刺拳之類的。」

史黛菈思考了良久，這麼答道：

「……唔嗯，父王最喜歡的東西，是我吧？」

「這根本是卯足全力的右直拳……」

一輝見期待落空，灰心地低下頭。

史黛菈見狀，開口鼓勵一輝：

「不用想得那麼難啦。母后跟王姊原本就不反對我們交往，唯一反對的父王也只是有點離不開孩子，又固執，腳又臭，鬍子還很煩人而已。」

（不滿還挺多的啊。）

「而且父王那麼重視我……只要坐下來好好談，他就會理解我為什麼那麼喜歡一輝，一定也能明白一輝的魅力。因為……我心目中的最愛與最強，只有一輝一個人。我會跟你一起說服父王的，一起努力吧。」

史黛菈語氣樂觀地說完，拍了拍自己的大腿，暗示一輝「過來躺著」。

她知道一輝明天即將面對一場大考驗，便想用自己的方式鼓舞他。

「……謝謝。」

一輝向史黛菈道謝，便接受她的好意。

他橫躺在沙發上，後腦杓靠上史黛菈白皙緊實的大腿。

史黛菈的雙腿同時兼具柔韌的肌肉，以及女性特有的綿軟脂肪，躺起來非常舒服。

一輝閉起雙眼，渾身沉浸於那令人心醉的觸感。

史黛菈溫柔撫摸一輝的頭，手指輕輕撥弄他的瀏海。

她的雙頰揚起，露出非常幸福的表情。她只有兩人獨處的時候，才會展現這副模樣。

深紅雙瞳搖曳著即將滿溢而出的情意。

一輝一想到自己能獨占那雙眼眸，怎麼也按捺不住心中的愛戀。

一輝不敢思考，萬一自己失去這滿懷愛意的雙眸，該如何是好？

他根本無法想像身邊沒有史黛菈的未來。

就如同史黛菈說的，自己唯有盡力讓這次會面「順利得到好結果」。

他明白。

但是——

（……要讓史黛菈的父親接受，絕非易事。）

史黛菈認為沒問題，但一輝卻不認為事情能像她說得一樣順遂。

一輝與史黛菈之間有絕對無法彌補的身分差距。

一方是堂堂一國的第二皇女。

另一方雖是出身自名門，和家族卻等同斷絕關係；

一方是全世界都寄予重望的Ａ級騎士。

另一方則是歷經〈覺醒（Pluto Soul）〉，仍然遠遠不及Ｅ級的Ｆ級騎士。

自己與史黛菈雙親的會面在即，他重新思考兩人的身分，真的是門不當戶不對。

史黛菈或許會說根本不需要管什麼家世、才能。

但只有史黛菈會這麼認為。

正因為史黛菈的父親非常珍惜女兒，他會在女兒的對象身上要求更多。

然而黑鐵一輝這個人卻完全反其道而行，他身上什麼也沒有，根本無法回應這些期待。

事實非常沉重。

（我真的……能回應史黛菈她父親的期待嗎……）

他究竟能不能展現出足夠的代價，讓她的父親願意放開他手中的珍寶——史黛菈？

他很重視她——

他不想放手——

所以他怎麼也無法抹去心中的不安。

儘管他如何不安，飛機仍舊滑過大陸的夜空，一路飛向法米利昂皇國。

而一輝還不知道，

遠在另一端的異國之地，他即將面對的現實遠遠超乎他的預料。

◆◇◆◇◆

第二天，一輝與史黛菈吃完遲來的早餐後。

飛機終於抵達法米利昂皇國的上空。

「一輝，你看！這就是我的國家——法米利昂皇國！」

史黛菈望向許久不見的故鄉，愉快地高聲說道。

一輝順著史黛菈的視線，從飛機上俯瞰法米利昂的大地。

法米利昂的國土幾乎都是平原，一輝眼前盡是一片鮮豔草綠，有如一張綠色絨毯，無限延綿至遠方。

處處都可見到風車佇立，河岸邊能見到數間矮小的民房聚集在一起，形成聚落。

日本山多、建築物多，給人有些雜亂的印象。而眼前的光景完全不同於日本。

一輝望著眼前簡樸的景色，回想起法米利昂皇國的知識。

法米利昂皇國。

這個國家位於歐洲的一角，面臨北海，國內存有面海的海岸線，國家制度則是現在少有的絕對君主制。

原本是屬於鄰國──奎多蘭王國的一部分，數百年前獨立之後便延續至今。

國內主要產業有廣大平原所帶來的畜牧業、花卉輸出。

因為美麗豐富的自然景致而興盛的旅遊業、輸出天然氣等等。

從前述看來，這個國家在歐洲處處可見，十分平凡。

但法米利昂皇國最大的特徵，卻是其他國家看不到的。

國民們極為效忠於皇室。

其中就得提到一段有名的事件。

第二次世界大戰催生諸多悲劇。

納粹德國抬頭，導致歐洲陷入一片火海。

其戰火波及法米利昂皇國，皇都弗雷雅維格慘遭攻陷。

法米利昂皇國一度喪失國家體制。

當時是由納粹德國統治法米利昂皇國，統治方自然會開始肅清法米利昂皇室——但肅清行動並不順利。

法米利昂皇國國民團結一氣，長期藏匿皇室成員。

國民們長年遭受到殘忍的拷問，但他們依舊不屈服，直到局勢生變，納粹德國完全撤出法米利昂為止。

第二次世界大戰結束後，民主潮流以極快的速度席捲全世界。不過，國民們完全無視民主風潮，再次推舉法米利昂皇室做為他們唯一的領導者。

這段往事以及堅若鐵石的忠誠心，全都與法米利昂皇國的建國歷史息息相關。

當時人民無法忍受奎多蘭王國的暴政，便高舉奎多蘭勢力最大的溫和派貴族——法米利昂公爵的旗幟，掀起戰爭，史稱法米利昂獨立戰爭。不過在這個時代……勢力較大的貴族們大多會與掌權者結為姻親，實際上卻是將血親送往首都做為人質。

法米利昂公爵當然也不例外。奎多蘭王國便以血親的性命威脅法米利昂公爵，要求平息叛亂。

不過，法米利昂公爵仍然沒有停止戰爭。

首都每週都會送來摯愛家人的一部分肉體，他卻毫不屈服於這噩夢般的慘狀，以整個家族的性命換來獨立戰爭的成功。

一切都是為了眾多前來求助的弱小人民。

法米利昂公爵——也就是法米利昂皇國初代皇帝的犧牲，國民們至今銘記在心。人民將之寫成童話、記錄於歷史，廣為流傳，培養出屹立不搖的忠誠心。

「我們是一個國家，更是一家人。」

一輝已經忘記是何時的事。

當時兩人在宿舍閒聊，聊到了法米利昂，史黛菈那時是這麼形容皇室與國民的關係。

所有國民敬愛皇室，皇室也愛護國民，廣施良政。

史黛菈會如此重視國防問題，或許也是來自於這份愛民之心。

一輝將前述的所有知識當作一般常識，記在腦海裡。

他明白法米利昂皇室與國民之間的情感，比普通國家還要親近。

不過——

即使如此，飛機降落的瞬間，映入眼簾的景象仍然深深震撼了一輝。

「「「～～～～～～～～～～～～～～～～～～～～～～～～～～～～～～～～～～!!!!」」」

他從機艙內踏出一步，來到燦爛的夏日陽光之下，這一剎那——

一輝全身受到巨大的衝擊。

一輝心中一驚，以為發生什麼狀況，看向傳來衝擊的方向。

而那個方向——

『史黛菈殿下～！歡迎回來～～～～！』

『您修行辛苦了——！』

『呀啊——！史黛菈！妳比賽的時候真的很帥氣喔——！』

是人。

數十萬人將國家專用機場的空地擠得水洩不通。

方才的衝擊似乎就是他們的歡呼。

「各位————！我回來了————！」

史黛菈面對如此聲勢浩大的歡呼，臉上完全不見驚訝，揮手回應眾人。

人群登時更加狂熱。

巨大的歡呼聲甚至撼動大地。

而一輝站在史黛菈身旁，也連帶受到民眾注目。

『啊！我在電視裡看過那個男孩子！』

『就是他打贏史黛菈公主啊！』

『所以他就是史黛菈的未婚夫嗎？』

『哎呀，還挺帥的嘛。』

『看起來滿溫和的，跟比賽的時候完全不一樣呢。』

『他按照約定來拜訪國王了啊！』

『歡迎來到法米利昂皇國！』

『『『歡迎你————！』』』

數十萬人份的歡聲與目光投注在自己一個人身上。

一輝雖然在七星劍武祭時體驗過這種大場面，但眼前的狀況根本不能相提並論。

一輝不知道該如何反應，便模仿史黛菈揮了揮手。

隨後——

『『『～～～～～～～～～～～～～～～～～～～!!!!』』』

眾人立刻回以掌聲和歡呼。

（嗚、嗚哇……總覺得非常不好意思……）

一輝雖然出身名門，卻總是被人無視，導致他非常不擅長應付這種氣氛。

這種受他人景仰的氣氛。

他總會忍不住認為，自己不值得受到這種待遇。

「史黛菈殿下，黑鐵先生，迎接的車子已經在下方等候，下機時請小心腳邊。」

「謝謝，這趟旅程真的讓我很愉快。」

兩人向送行的機組員道完謝，便和出發時一樣，走下鋪設嫣紅地毯的登機梯。

登機梯下方停著一台純白的高級轎車。

一輝很想盡快逃離成千上萬的視線砲火，能搭車是再好不過了。

就在此時。

兩人還沒走下登機梯，助手席側的轎車車門便打了開來。

接著，一名女孩走下車。她身材嬌小，留有一頭金桃色的波浪秀髮，她抬頭往上看去：

「史黛菈，歡迎回來。」

稚嫩的臉蛋揚起溫和的微笑，出聲歡迎史黛菈回鄉。

「咦……！妳竟然親自來迎接我嗎!?」

一輝身旁的史黛菈大聲驚呼，一口氣奔下登機梯來到女孩面前，握起女孩的雙手。

女孩則是回握史黛菈：

「當然囉，人家好幾個月沒看見史黛菈了嘛～」

「謝謝！我也好想妳喔！」

兩人開心地笑著，述說再會的喜悅。

女孩的髮色略為淡薄，但是她雙頰揚起的笑容，感覺很像史黛菈鬆懈的時候。

© Won

她應該就是第一皇女……不過外貌看起來相當幼小。

一輝望著兩名女孩融洽交談的身影，站在原地默默思考。史黛菈這才察覺自己忽略了一輝，對他說道：

「啊，一輝，對不起！我來介紹一下！這位就是我的母后！」

「咦!?結果是那樣嗎!?」

她和西京老師是同種類的妖怪吧？

一輝心中冒出極為失禮的感想。

「你就是黑鐵一輝啊。初次見面～我是史黛菈．法米利昂的母親，我叫做阿斯特蕾亞．法米利昂～請多指教喔～」

阿斯特蕾亞以溫吞的語氣自我介紹，接著朝一輝彎身一禮。

不小心讓對方先行禮了。一輝後悔自己的笨拙，急忙答禮：

「啊、您太多禮了……！我是黑鐵一輝！非常感謝您這次特地招待我來到貴國……！暑假期間要勞煩您多多關照了……！」

「呵呵呵，你在電視上的模樣看起來很強壯，不過真人就完全不一樣，很有禮貌呢～阿姨很喜歡這樣的男孩子喔～」

「母后也有看轉播嗎？」

「當然了，我是透過電視轉播，看了七星劍武祭的決賽喔～請容我說實話，我真的沒想到史黛菈會輸，所以嚇了好大一跳。你真的很強呢～」

「不，沒這回事……那場比賽其實贏得很驚險……」

「不管是壓倒性勝利還是驚險取勝，都一樣是獲勝喔。」

阿斯特蕾亞說完，便緩緩握起一輝的手。

她的語氣飽含滿滿的感激：

「一輝，真的很謝謝你，願意卯足全力與史黛菈互相競爭。我第一次見到史黛菈愉快享受戰鬥的模樣……法米利昂國內，以及鄰國奎多蘭，已經沒有人能跟得上史黛菈的強大……我當初要送女兒獨自前往異國土地時，其實還是有些不安。不過，現在她找到一個這麼棒的男朋友回來，看來當初送她去日本的決定是對的呢。」

阿斯特蕾亞的雙手、神情、語氣，全都能充分傳達她的感謝。一輝能感覺得出來，對方的謝意絕非客套。

正如史黛菈所說，她的母親的確是支持史黛菈的行動與判斷。

一輝這才放下心，露出輕鬆的笑容，主動回禮：

「我才要向您道謝。我是因為遇見史黛菈、喜歡上她，才能像那樣奮戰到底。」

「也就是說，你們的鬥志是加倍再加倍了呢。」

（她的用詞突然充滿中年氣息……！）

「母后，既然母后有看比賽，父王也有一起看吧？」

「當然有囉，露娜也一起呢。是全家人一起幫妳加油喔～」

「太好了！那父王應該知道一輝很強吧！一輝，太好了，這樣你的級別就不會成為阻礙了呢。」

不過阿斯特蕾亞聽見史黛菈這番話──

「啊～……這就～難說了呢……」

她的表情有些為難，給出含糊的感想。

「難說？什麼意思？」

「因為爸爸沒有看到最後啊～」

「為、為什麼!?啊，是看到一半有工作要做嗎？」

「不是～大概是比賽中間左右吧？一輝不是一刀砍中史黛菈的肚子嘛～爸爸看了之後口吐白沫，大概昏了三天左右～然後他一醒來就想調動軍隊向日本宣戰，媽媽跟丹達利昂兩個人哄了他好久呢～」

「…………」

這理由實在太過合理，一輝不禁語塞，血色盡失。

「什麼嘛，只是被輕輕砍一下就大驚小怪的。」

史黛菈在一旁鼓起雙頰，忿忿不平地說道。不過那一斬可不只是輕輕砍一下而已。

要不是史黛菈能進行高水準的自我治癒，那一刀下去就會變成致命傷，裁判一定會強制中斷比賽。

父親見到愛女的這副慘狀，昏倒也是情有可原。

「啊、然後啊，說到爸爸我才想起來，爸爸說和一輝見面之前，想先讓全家人開一次家庭會議呢。」

「嗄？為什麼？」

「他說想好好問問史黛菈關於一輝的事情～如果什麼都不知道就直接見面，他沒辦法冷靜判斷……你覺得呢？這對一輝來說也是好事一樁，不過可能要麻煩你在會客室稍等一下～」

「是，我沒關係的。」

一輝立刻就答應了。

他根本沒有拒絕的道理。

他還不想年紀輕輕就客死異鄉。

「一輝，對不起喔，父王真是太任性了。」

「別在意，我自己也認為與其突然面對面，不如讓史黛菈稍微介紹一下我這個人，這麼做比較輕鬆。」

「我知道了！我會把一輝的優點美化一百倍，美化到像聖人一樣的！」

「別、別把對方的期待拉太高就好……」

三人決定行程之後，阿斯特蕾亞便請兩人坐上轎車後座。然而就在此時——

一旁的群眾怕妨礙三人對話，至今都保持沉默。一位體型壯碩的中年婦女突然從人群中走出來，向三人提議道：

「那個，我剛剛聽了三位的對話，假如女婿大人這段時間閒下來了，不如讓我們為女婿大人介紹皇都，您覺得如何呢？我們其實配合史黛菈回鄉，私底下準備一些驚喜，想讓史黛菈的達令能更了解這個城鎮、這個國家的事。不過女婿大人不想去的話，我們也不勉強……」

婦女身後的群眾隨即附和：『好主意啊！』、『贊成——！』

史黛菈也有同樣的反應：

「亞娜大姊，這主意真棒！一輝，就讓他們招待你吧！」

亞娜似乎是這位中年婦女的名字。

史黛菈能馬上叫出對方的名字，以及從對方說話的語氣、史黛菈的態度就能推測，他們之間關係相當和睦。

那麼這位婦女應該值得信賴。

一輝這麼斷定——

「嗯，那就恭敬不如從命，麻煩您了。」

他接受亞娜的建議。

一輝也認為比起在皇城內乾等，不如去逛逛女友從小生長的城鎮，還比較有意義。

「那麼～一輝就好好遊覽一下法米利昂吧～等家族會議結束之後，就請史黛菈聯絡你～」

「各位——！一輝就麻煩你們囉！」

『『『喔喔喔————！』』』

於是法米利昂皇后與皇女便將一輝交給人群，率先前往皇城。

一輝目送轎車離去之後，再次向亞娜與眾人道謝：

「呃、您是亞娜小姐，對吧？非常感謝您熱心提出邀請。要我一個人待在陌生的城堡裡，其實多少有些坐立不安，所以您的邀請真的幫了我大忙。」

亞娜與眾人聞言，露出滿面笑容：

「不、不，你不用道謝，我們也不屑聽你道謝。」

「咦？」

亞娜的語氣忽然急速降溫。

對方態度驟變，一輝為此感到疑惑的同時，擠滿國家機場跑道的群眾突然人手一把武器，鏟子、鋤頭、修枝剪，甚至還有釘滿釘子的木板，完全不知道他們從哪變出來的。

（……嗄？）

理所當然，一輝完全搞不懂他們的舉動。

他們拿著那些武器，究竟想做什麼？一輝還來不及弄清楚狀況，傻傻地站在原地——

「那麼女婿大人，就讓我們為你帶路——帶你到日耳曼海（註3）的海底去吧！」

「哇啊啊啊啊啊!?!?」

眼看金屬球棒就要落在自己頭頂，一輝終於察覺自己的危機，以及迎面而來的殺意，趕緊閃避。

金屬球棒失去目標，「砰！」的一聲砸碎飛機跑道。

（怎、怎、怎麼了呃呃呃呃呃!?!?）

——他們是認真的。

一輝不知道這群人攻擊自己的理由，但他們的攻擊意圖絕對貨真價實。

究竟是為了什麼!?

「等、呃、請等一下！這究竟是怎麼一回事啊!?」

一輝開口問道。

『還怎麼一回事咧！這個沒節操的渾蛋！』

『竟然還敢裝出男朋友的模樣大剌剌跑來！你以為那些情報不會傳到這種鄉下國

註3　北海的古稱。

家來呀！』

『新聞報導早就傳遍全國了！你在日本根本是個人人皆知的大爛人！』

『史黛菈滿腦子都是戰鬥，對戀愛一竅不通。結果你竟然誘惑她，還、還玩什麼奴僕PLAY！』

『我們是那麼珍惜公主殿下，把她捧在手掌心上，結果你竟敢玷汙她！』

『混帳！你別想活著離開法米利昂啊啊啊啊啊!!!!』

眾人雙眼染上紅光，從四面八方襲來，打算徹底壓制一輝。

一輝從他們口中的話語、舉止，隨即察覺。

（難、難不成，在這個國家裡還流傳著那些誤會啊——!?）

那些誤會，指的便是之前他與史黛菈的緋聞曝光時，赤座為了抹黑一輝放出的消息。

他把一輝塑造成從小素行不良的惡棍，惡意玩弄史黛菈等等。

一輝的印象中，報紙似乎還報導自己除了史黛菈以外，同時劈腿數名女學生，過著相當浪蕩的玫瑰色學園生活。

當時在日本多虧周遭的協助，以及一輝自身的人品影響，他身邊的眾人早就解開這場誤會。

不過繞過地球半圈，來到法米利昂國內，他從眾人的反應就可看出，他們似乎還維持著那惡劣的誤解。

但這也是無可奈何。

基本上，新聞媒體會去炒熱有趣的話題，最後發現其實是誤解的時候，幾乎不會幫忙翻案。他們一旦幫忙翻案，就等於承認自己的錯誤。

大量衝擊性的錯誤報導傳到法米利昂當地，真相卻始終不為人知。

這樣一來，他只能想辦法解開誤會，不過──

（所有人都還在氣頭上！現在的他們根本聽不進去啊！）

現在唯有逃跑一途。

一輝下了判斷，接著壓低身軀，尋找逃脫路徑。

一輝瞬間恢復冷靜，開始觀察周遭。亞娜見到一輝的神情，發現他想逃跑，立刻高聲喊道：

「你們幾個，別讓他跑了！」

『『『喔喔喔喔喔喔喔喔喔喔──────!!!!』』』

眾人氣勢洶洶，齊聲吼叫，各自揮動手上的武器。

不過──

「呼！」

『『『嗄!?』』』

眾人趁勢一舉而上，下一秒，一輝便從眾人眼前失去蹤影。

揮下的武器全部撲空，敲中堅硬的地板。

——消失了。

一個人類，忽然間消失在眼前。

每個人臉上盡是藏不住的困惑與混亂——

『呀啊啊啊!?』

『唔哇、他、他怎麼會在那裡!?』

襲擊一輝的人們聽見身後傳來尖叫，回過頭去。

接著他們看到了。

一輝壓低身軀，貼近地面，彷彿貓兒一般，身手矯捷地穿梭在人群的隙縫當中。

沒錯，一輝並沒有消失。

他跳過加速的過程，由初速直接提升至最高速，一口氣擺脫所有人的動態視力。

這群人不諳武術，根本完全追不上一輝的速度。

除了一輝獨特的行動速度之外，眼前的群眾實在太過密集，眾人自己的視野與行動受到諸多限制。

只是一群空有人數的木偶罷了。

這群木偶再聚集多少人，也完全擋不住一輝。

一輝毫不減速，一一滑過慌張的人群之間。

最後他擺脫包圍，躲進在場某位民眾持有的汽車中，

——接著奪走汽車，火速逃離機場。

『不、不敢相信，那傢伙到底是……』

『這裡這麼擠，他為什麼可以跑得那麼快……!?』

亞娜身處於茫然的眾人之中，暗自咂舌：

「也就是說，那傢伙不是平白無故就能打敗史黛菈……！不過，我們早就料想到這種程度的狀況了！」

她取出老舊的折疊式手機，聯絡了某名人物。

「席格娜！女婿大人搶了車子逃到大街上了！我告訴妳地址！」

——另一方面，一輝順利突破法米利昂國民的包圍網，開車奔馳在道路上。大部分居住在皇都的國民似乎都聚集到機場裡，路上空無一人。

汽車越過皇都弗雷雅維格的街道，遠遠便能見到一座巨大的城堡，那裡就是一輝的目的地。

現在不論自己如何費盡口舌，他們全都充耳不聞。

他心想，現在只能依靠史黛菈。

不過，一輝的正前方——

「嗯？」

蜃景在夏季烈日下冉冉搖曳，而另一端忽然有某種物體**逐漸逼近**。

物體無視道路標線，排滿了整條道路。

彷彿洪水侵襲。

一輝只在連續劇或動畫的世界中，看過這麼一大批車輛——

那是一群坦克大軍，炮口還對著一輝的方向。

「太扯了……」

隨後，爆炸聲與衝擊響徹法米利昂的天空。

◆◇◆◇◆

「哎呀～這是什麼聲音啊～？」

阿斯特蕾亞聽見遠遠傳來的爆炸聲，不禁歪頭疑惑道。

那是無數的戰車砲擊飛一輝的座車，因而傳來的爆炸聲響，不過——

「亞娜大姊說她特別準備了很多東西，她可能放了煙火歡迎一輝也說不定！」

「呵呵，那之後要大家一起向她道謝呢～」

兩人對此一無所知，仍舊悠哉閒聊著。

◆◇◆◇◆

畫面轉回另一頭，黑鐵一輝動員與生俱來的高超運動能力。

他在戰車砲開火前一刻顯現出〈陰鐵〉。

舉刀斬飛車頂，迅速逃出車外。

砲彈命中的瞬間，他抓起切開的車頂當作盾牌，抵擋爆風迎面直擊，接著利用爆風的力道趁勢躍起。

他跳上道路旁的建築物，逃過一劫。

不過——

「這、這、這會死人的！」

「才這點程度就送命，死了正好。全體法米利昂皇國國民已經達成共識，我們不打算將史黛菈殿下交給這種弱小的男人。」

一輝難得真心地表達不滿，卻遭到周遭冷漠的反駁。一群身穿赤紅軍服的士兵正在建築物的屋頂上守株待兔。

他們四散在鄰近的建築物屋頂，似乎打算包圍逃到屋頂上的一輝。

所有槍口瞄準一輝。

士兵之中有一名軍人。

那是一名配戴肩章的妙齡女子，眼鏡後方的尖銳眼神刺向一輝，並宣告道：

「我是法米利昂皇國陸軍上將，名為席格娜・艾隆。一輝・黑鐵，你已經遭到法米利昂皇國國軍包圍了！」

「有必要出動軍隊嗎……」

他聽聞法米利昂皇國國民忠誠心之高，卻沒想到高到如此地步。

不過這一切全是親人埋下的禍根。

「我不會逃，也不會亂來，可以麻煩聽聽我的解釋嗎？這一切全是誤會啊。」

「誤會？」

這位名為席格娜的女子不愧是職業軍人，看起來比機場的國民們沉穩多了，這是不幸中的大幸。

一輝嘗試以對話說服對方。

「那次緋聞爆發的時候，應該流出不少關於我的資訊，但那些全是抹黑。我和老家不和，不少人視我為眼中釘，所以才四處散布假情報啊！」

「哦？所以聽說你從小是個不良少年，肆意闖入和平度日的普通家庭，對他們施以暴力，這件事是虛構的嗎？」

「……當、然……嗯？」

一輝反射性想回答，卻一時語塞。

——他中學時代四處上道場踢館，不知道算不算數？

「你在史黛菈殿下更衣時突然闖入，還自己脫了衣服騷擾她，這也是虛構嗎？」

「……那、那是、那個……」

「你向史黛菈殿下提出不合理的條件，要求敗者必須一生服從贏家，接著便把輸了決鬥的史黛菈殿下當奴隸對待。難道你想說這也是虛構的嗎！」

「……………」

（怎、怎麼辦……！所有說法都巧妙符合真相，實在很難反駁啊！）

一輝啞口無言。

他終於體會到赤座手段有多高明。

這些謊言並非百分之百的虛構，所以他無法否認。

赤座充分利用了一輝老實的個性。

一輝的笑容陣陣痙攣，好不容易擠出一句：

「哎呀，說法上的細微差距還真是恐怖呢。」

「敗類！」

席格娜露出彷彿在看髒東西的眼神，憤恨地吐出辱罵。

一輝能察覺，周遭的士兵扣在扳機上的手指逐漸施力。

不過——席格娜舉起手制止殺氣騰騰的士兵們，做了出乎意料的發言。

「……不過，所謂的情報總是會反映第三者的主觀，情報走過地球半圈之後，確實可能遭到扭曲……史黛菈殿下非常喜歡你，而且我們從那場決賽中也能明白，你並非只是個單純的人渣。所以關於你這個人的資料是真是假，已經不重要了，重點不在那裡。」

「您的意思是？」

「你既然是史黛菈殿下的戀人，你應該很清楚。史黛菈殿下經歷了多麼艱辛的苦難，才終於順利操縱自己的力量。」

「……是，我知道。」

史黛菈曾經主動告訴過一輝。

史黛菈剛開始展現能力的時候，由於無法自在控制龍炎之力，她的力量灼傷自己的身體。

強悍的伐刀者，是國家無可取代的財產。當時年幼的她充分明白自己的力量，對於法米利昂這樣的小國來說有多麼珍貴。

因此她不顧周遭的反對，以必死的決心學習控制自己的力量。

一切都是為了祖國的人民。

……當時的史黛菈，年約五歲。

「史黛菈身為皇族的尊嚴，深深震撼了我。」

「那位殿下實在太過溫柔了……」

席格娜沉浸於感傷，淡淡低喃：

「但是，就如同史黛菈殿下的善良，我們同樣想盡力保護史黛菈殿下。」

「……！」

「在場的所有人都深深敬愛著史黛菈殿下，她是我們的女兒、我們的妹妹、我們的姊姊、我們的家人。我們是如此重視她……所以，我們絕不允許你忽視我們，擅自結下姻緣！我們絕不承認！」

席格娜再次瞪向一輝，高聲宣示：

「一輝・黑鐵！法米利昂皇國全體國民要求與你決鬥！
既然你想娶走史黛菈殿下，就拿出騎士的尊嚴，以手中的劍向我們所有人證明吧！
那名少女比任何人都美麗、高潔、溫柔。你必須親自證明你配得上我們深愛的那名少女，證明你有資格成為她的伴侶！」
『『『不然我們絕對不認同你啊啊啊啊!!!!』』』
『『『沒錯、說得對——————!!!!』』』
不知何時，連建築物下方都塞滿了軍人、國民。包含屋頂上的士兵在內，所有人附和席格娜，大聲怒吼。
一輝望著眼前的景象，終於理解自己陷入什麼樣的狀況。
其實也沒什麼。
總而言之，這個國家——
（所有國民都很溺愛史黛菈啊……！）
他原本以為阻礙只有史黛菈的父親，看來他想得太天真了。
但這也難免。
一般根本不會想到事情會演變成這個局面。
一輝是日本人，對他來說皇族是相當遙遠的存在。即使史黛菈告訴他國民如親人，在他的認知中，皇族的婚事頂多是一切定案之後，會被新聞媒體大肆報導。

他萬萬沒料想到，法米利昂的國民會想自己確認皇族的結婚對象是否合格。

不過——

「原來如此，這麼說確實說得通。」

◆◇◆◇◆

「……！」

席格娜代表國民與一輝對峙，而在這剎那，她看到了。

一輝的脣角揚起淡淡的笑容。

緊接著——

「史黛菈之前也提過：『你們是一個國家，更是一家人。』難怪各位會如此憤慨，若是不讓各位接受我，各位是不可能允許我迎娶史黛菈——我沒理由拒絕這場決鬥。」

這名異國男子打算奪走他們的公主殿下。而他現在緩緩舉起手上的黑刀，面不改色地接受眾人的挑戰。

「……！氣勢倒是不錯，那麼——」

「不過！」

正當席格娜即將放下手的瞬間，一輝說道：
「我也要提出一個條件。」
「條件？」
「我希望勝利條件不是擊敗在場所有人，而是只要我甩開各位，順利到達史黛菈身邊，就算是我贏了。」
「你想放寬勝利的條件？」
一輝只答了句：「不是。」
「我與各位最愛的女孩，絕不希望各位因此受傷。」
「——！」
席格娜聞言，一時啞口無言。
一輝證明自己非常了解史黛菈這名少女。
的確，假設有人一腳踢開這個提議，就沒資格闡述他對史黛菈的愛。
因此——
「……——也罷，你想甩開我們？那就試試看吧！」
席格娜接受一輝的提案，揮下制止士兵的右手。
同一剎那，空氣中彷彿傳來瀑布散落的聲響，數百發鉛之驟雨同時飛向一輝。
不過，一輝早就做好準備了。
當他舉起〈陰鐵〉，接受席格娜等人的挑戰時。

在常人肉眼無法追蹤的轉瞬之間——

——他早已斬斷腳下的屋頂。

一輝朝著屋頂輕輕一踏，留有刀痕的屋頂隨即崩塌。

完美的圓形洞穴將一輝一吞而下。

槍彈自然無法擊中目標。

『那個混蛋！他竟然砍斷屋頂逃到下面去了！』

「唔！盯好建築物的大門或窗戶！不要讓他有機會逃出去！」

席格娜馬上命令士兵監視建築物的出入口。

但是，她犯了大失誤。

一輝並沒有從洞穴進入建築物中，

——而是以手指勾住洞穴邊緣，掛在屋頂下方。

「嘿。」

一輝聽見席格娜的指令，確認屋頂無人看守後，以指尖勾起身軀，跳出洞穴。

於是——

『席格娜上將！快看那裡！』

他在士兵察覺之前，便直線奔向城堡。

席格娜盯著一輝的背影，臉上一陣懊惱。

「糟、糟了……！是假動作！快追！絕不能讓他逃走！」

『『『喔喔喔喔喔喔喔喔喔喔喔喔!!!!』』』

士兵們一邊追逐遠去的一輝，一邊扣下扳機。

但是一輝左跳右跳，閃過所有子彈。

他靠聽覺確認槍響的位置。

一輝並且從子彈速度推測出抵達時間，一次也沒回頭看過。

他腳下的立足點非常顛簸，可是他的速度卻異常迅速，絲毫不受影響。

他甚至比在機場的平地衝刺時還快。

因為此時此刻，黑鐵一輝的身心狀況已經提升到最高峰。

這一切全都多虧法米利昂國民。

他們全心全意衝著一輝而來，一輝才能察覺。

「他要讓對方認同自己成為史黛菈的伴侶。」

「他讓對方將史黛菈交給自己。」

自己的想法實在愚蠢至極。

正因為眾人打從心中深愛著她，認為她比任何事物都珍貴——

——他們怎麼可能會放手？

就如同自己不會放棄史黛菈。

一輝見到法米利昂國民堅決的態度，頓時明白。

他們和自己一樣。

那麼，雙方自然是水火不容。

想要他們互相接納這個想法，打從一開始就大錯特錯。

他們同樣真心深愛那名少女。

一輝若是想得到心愛的女孩，他該做的事情只有一件。

他必須拉過史黛菈的手，緊緊抱住她，並且從眾人手中搶走她。

他的力量、他的感情──必須比任何人更強烈。

（要比感情，我絕對不會輸給任何人──！）

他不會輸給眾人，更不會輸給史黛菈的父親──絕對不會。

除此之外，不可能有辦法讓所有人接納自己。

一輝思考至此，這才終於下定決心。

──他可能沒辦法讓對方認同自己。

一輝直到不久前，腦中還充滿懦弱的念頭。現在他甩開所有迷惘，熊熊燃燒的雙瞳筆直凝視城堡。

他不再去煩惱能不能讓對方認同自己、讓對方放開史黛菈。

**他會搶走她，逼他們承認自己……！**

這麼做——才是他．黑鐵一輝一路走來的方式，更是史黛菈深愛的他。

『那、那個男人到底是……！難不成他背後也長了眼睛啊!?』

『而且他在那樣不平穩的地方，竟然可以跑得那麼快……！』

『上將！不行！我們追不上！』

「嘖——！」

一輝心中的重擔不翼而飛，身軀更加輕盈，士兵們當然完全追不上他。

一輝在屋頂與屋頂之間來回跳躍，瞬息之間甩開了追兵。

士兵們朝一輝開槍，但是子彈全都落空。

並非是士兵們的射擊技術太差。

一輝左右來回跳步，準確閃避所有子彈。

——他一次都沒有回頭看過。

他老早就看穿子彈的速度，牢牢記下。

他可以從槍響的位置與角度，大致推算出子彈抵達的時機。

再來只要稍微放大迴避的幅度，即使推算有誤差也能順利閃過子彈。

一輝的動作讓席格娜不禁嘆為觀止。

席格娜明白他的體能極高，但她目前所見的只有身處於平面的一輝。

她只注意到一輝精湛的劍術。

她從伐刀絕技——〈一刀修羅〉的印象去推測，認為一輝的強大應該限於比賽之中。

但是她錯了。

席格娜終於明白了。

足以支撐他強大劍術的骨幹、基礎。

那就是一輝鍛鍊極致的體能、專注力，以及空間掌握能力。

不論一輝遭遇到任何地形、任何形式的偷襲，都不為其所苦。

他明白如何突破種種局面，無時無刻運轉頭腦，在瞬息之間選出最適當的行動。

他的強悍，以及利用目光所及之處所有事物的那份難纏——

（——這個男人比起正規比賽，更適合活躍於戰場上啊……！）

非伐刀者的軍隊根本不是他的對手。

一輝甚至能單槍匹馬在敵陣來去自如，砍下敵將首級之後悠然歸來。

這個男人或許不能像史黛菈一樣，一擊擊潰整支大軍，但他卻猶如銳利針鋒，能夠直指敵方胸懷，長驅直入。

她太小看這個男人了。

他們不可能擋得住一輝。

但是——

（即使如此，你還是甩不開「她們」的……！）

（好奇怪。）

一輝徹底甩開席格娜等人，獨自奔馳在法米利昂家家戶戶的屋頂上，但他卻感受到異狀。

他的身後完全見不到任何人，應該早就擺脫所有追兵，但是——

（有兩個視線緊追著我不放。）

而且其中一個視線，甚至近得彷彿能聽見對方的呼吸。

究竟在哪裡？

不是右邊。

也不是左邊。

前方、後方、上方都不是。那麼——

「——在下面！」

同一瞬間，水聲飛濺，一輝腳底下的屋頂突然飛出一把三叉長矛。

一輝立刻以〈陰鐵〉抵擋攻擊。

但他卻因此停下腳步——

「嘿、米莉，趁現在！」

一名小麥色肌膚的少女手持長矛，從屋頂中現身。她放聲大喊後——

「是說，妳不用說我也知道之類的～」

下一秒，清脆的爆裂聲敲響一輝的耳膜。

一股**預感**如同閃電，瞬間爬過大腿。

（有人狙擊……！）

「呼！」

「喔喔!?」

數度跨越死境，進而磨練至極限的直覺，行如流水地驅動一輝的身軀。

他一腳重重踢開三叉矛的長柄，擺脫第一名襲擊者——

「嘿呀！」

漆黑的圓形子彈破風飛來——他隨即舉刀，一刀兩斷。

化成兩半的子彈滑過〈陰鐵〉的刀刃，飛向一輝的左右方——

「啊、哈☆」

「……!?」

隨後半圓形的子彈忽然急速迴轉，從左右方同時瞄準一輝的雙腳刺來。

一輝猛然向後一跳，躲過子彈。

即便撐過敵人的攻擊，仍然毫不鬆懈。一輝長年面臨極為不利的戰鬥，正因為他擁有這股專注力，才能像剛才一樣閃躲。

半圓形的子彈失去目標，栽進屋頂後，終於停止不動。

「討厭——這個人速度超快的——剛剛那種狀況還躲得過，好煩喔——」

「嘿嘿，強一點也好。不然對我們兩個來說太沒勁了呢。」

一輝剛才踢飛的少女輕巧地在空中翻個身，降落在鮮紅的屋瓦上。

她的身邊出現一名嬌小的女孩，女孩手中拿著火槍。

兩人並沒有毀壞屋頂，而是彷彿跳出水面似的，忽然間從屋頂跳了出來。

還有方才的子彈，竟然劃出不可能的軌道追蹤一輝。

一輝隨即明白。

這兩人肯定是——

「……妳們是伐刀者吧。」

「初次見面，史黛菈的男朋友！我是法米利昂國立魔法學院一年級，提米特・格雷希！你剛才的反應還不錯嘛！」

「咦～？現在是要自我介紹——？那我也來。你～好，我是法米利昂國立魔法學院一年級・米利雅莉亞・雷吉——我和史黛菈～算是小時候的玩伴？」

「我是黑鐵一輝……妳們也是為了史黛菈來測試我嗎？」

一輝這麼一問，自稱為提米特的少女呵呵笑道：

「啊——不是啦。我們根本不想管史黛菈要跟誰結婚，反正她喜歡就好。」

「我們的目標是，這～個～」

米利雅莉亞說著，在一輝面前拿出一張粗糙紙。

© Wo

上頭刊登著一輝的照片，以及——

一行文字——「DEAD　OR　ALIVE」。

「我變成懸賞通緝犯了——!?」

「對，只要打倒你，軍方就會給我們賞金，而且金額高達一百萬EL（Euris）。」

「上個禮拜米莉看到一個超可愛的包包，可是人家正好沒錢，超困擾的～這張懸賞單根本是及時雨。」

皇國陸軍似乎在街上大灑通緝令。

順帶一提，一百萬EL等同於一億元日幣。

懸賞金額高得嚇人。

聰明如一輝，他一聽見這筆高額數字，馬上就明白了。

他已經察覺敵人究竟有多賣力，以及軍方、堤米特等人背後是什麼樣的人物。

（既然能出動軍隊，就代表追殺行動不是國民們獨行獨斷，不過——）

法米利昂是絕對君主制，只有一個人能從國庫中動用這麼大筆金錢。

法米利昂國王絕對和這場騷動有關。

這場行動要不是由他主導，就是有他協助。一輝雖然不知道是哪一種，但他能肯定對方不會接納他。

（殺意真濃啊。）

不過對方看過那場比賽，會如此激憤也是理所當然。

一輝一想到自己身上仇恨值之高，不禁苦笑連連。此時——

『找到了！一百萬ＥＬ！』

『可惡！那對問題兒童已經跟對方纏上了！』

『那兩個傢伙只有這種時候才會認真工作！』

『怎麼能讓她們占盡便宜！我們上！』

除了堤米特兩人，還有其他人受到獎金誘惑，他們紛紛沿著屋頂湧來。

堤米特與米利雅莉亞見狀——

「糟啦，鬣狗們聚過來了。」

「那就唰唰兩三下解決他吧。」

重新擺出戰鬥架勢。

堤米特發動靈裝〈三叉戟〉(Trfaina)的能力。

「〈物質潛行〉(Stone dive)！」

她使屋頂化為供自己遨遊的大海，一頭跳進屋頂內部。

她的夥伴——米利雅莉亞同時跪地——

「〈災厄槍彈〉(Calamity Bullet)——三連發！」

她架起火槍型態的靈裝，射出三發子彈。

米利雅莉亞的靈裝雖然是火槍，靈裝本身卻不需要填裝子彈。
她射出的子彈也不會在空中直線飛行。
一輝從稍早的一擊理解這點，不再撐到最後一刻才閃避，而是立刻邁步跑開。
緊接著，子彈果然一個急轉彎，開始追蹤逃跑的一輝。
米利雅莉亞的靈裝──〈魔彈射手(Kaspar)〉擁有百發百中的概念。
魔彈即使被彈開、被砍成兩半，仍會持續追殺，直到貫穿敵人為止。
這種能力非常棘手，不過──
他早已找到破解手段。
子彈旋繞在一輝四周，一再進攻。一輝勉強避過子彈，奔向屋頂的某個位置。
那是煙囪。
（就像剛才一樣，讓子彈撞進牆壁裡！）
不過──
「嚇一跳之刺！」
一輝靠近煙囪的剎那，三叉戟彷彿等待已久，突然從煙囪的側面刺出！
一輝急忙身軀一扭，千鈞一髮之際躲過了攻擊。
他立刻遠離煙囪。
（一靠近牆壁就會遭受提米特攻擊嗎……！）
「還沒完哪──！」

「唔！」

他每逃一步，三叉戟便從他的腳下一而再、再而三地冒出攻擊。

如此一來，一輝沒辦法停在同一個地方，也無法使用最一般的破解法——誘導魔彈誤中其他目標。

堤米特完美彌補〈災厄槍彈〉的弱點。

「真是合作無間啊……！」

「當然啦！這個國家裡只有三名C級騎士，而我和米莉就是其中兩人！」

「是說——你捧我我也不會放過你啦——」

米利雅莉亞說完，放棄控制逐漸減緩速度的〈災厄槍彈〉。

她重新發射三發〈災厄槍彈〉，交換場上的子彈，毫不留情地追擊一輝。

再加上三叉戟彷彿惡作劇似的，不時從一輝腳下刺出。

攻擊從上下左右所有面向無間斷地襲來，高明如一輝也只能一味防守。

這個狀況再繼續下去，一輝總有一天會落入她們兩人手中

於是，一輝全力奔向屋頂的邊緣，奮力一跳。

他是打算移動到別的建築物，藉此甩開〈潛行〉中的堤米特。

追蹤一輝的兩人立刻發現他的企圖。

大部分人受到堤米特與米利雅莉亞的波狀攻擊，都會思考到這一步。

因此——米利雅莉亞邪邪一笑：

「啊哈☆我就在等這一刻之類的～！」
這瞬間，米利雅莉亞再次拋下變慢的〈災厄槍彈〉。
她朝著跳到半空中的一輝舉槍，發射新的三發〈災厄槍彈〉。
沒錯，米利雅莉亞兩人的波狀攻擊，就是為了設下這個局面。
除去擁有特殊能力的伐刀者，一般人在空中無法動彈。
此時的對方毫無防備。
剛發射的〈災厄槍彈〉處於最高速狀態，對方躍起的姿勢無法避開這次攻擊。
眼看三顆子彈即將襲來。
一輝在空中轉過身。
他手握刀劍，擺出迎擊姿態——
（那麼做超沒意義的～）
〈災厄槍彈〉無論被彈開、被砍裂，都不會停下。
對方砍斷子彈，只會像剛才一樣增加子彈數量；
要是他彈開子彈，子彈會藉著跳彈的力道無數次進攻目標。
——本該是如此。
米利雅莉亞與堤米特堅信兩人的勝利，不過——
「哈啊！」
三發子彈同時逼近一輝，正要貫穿他的瞬間——

一輝的周遭閃過三道斬光，緊接著〈災厄槍彈〉失去動力，隨著重力掉落地面。一輝平安地降落在比米利雅莉亞等人所在地更低的建築物上。

「奇怪？」

米利雅莉亞沒料到這個結果，不禁困惑。

黑鐵一輝的能力應該是強化體能。

但是他為什麼能讓自己的伐刀絕技失效？

而堤米特比米利雅莉亞擅長體術，潛藏於石之海中的她明白一輝剛才的神乎其技，更為此感到戰慄。

（完全抵銷了……！）

一切正如她所想。

一輝藉著目前為止的攻防戰，看穿米利雅莉亞的能力。她更換子彈兩次，代表她的能力只能操控「彈道」，無法讓已擊發的子彈「再次加速」。於是一輝看穿子彈中蘊藏的動力，擊出完全同等的能量，不彈向前後、不砍裂，分毫不差地抵銷子彈上的所有動能。

（畢竟米莉的能力是單純的「子彈（Bullet）」，並不是「飛彈」。對方來這招，她就沒轍了。）

對手的技巧如此高超，〈災厄槍彈〉根本對他無計可施。

（既然如此——！）

堤米特心意已決，便在水底使勁一踢，急速浮出水面。

「〈浮上突襲(Dolphin crash)〉——！」

她從建築物的牆壁跳了出來。

兩棟建築物的距離約有十公尺。

堤米特輕易飛過這段距離，逼近一輝。

她手上的三叉戟瞄準一輝的頭部，從一輝的斜上方刺去！

一輝對此也迅速反應過來。

他立刻舉起〈陰鐵〉，擺出防禦架勢，準備以刀刃抵擋堤米特的刺擊。

要擋下十公尺外的突刺，對他來說輕而易舉。

不過——這代表他掉入陷阱了。

（我早就設計好了……！）

堤米特早在第一擊時便設下圈套，用以防備〈災厄槍彈〉失手的狀況。

也就是一輝擋下的第一次攻擊。

當時堤米特故意讓一輝擋下自己的刺擊，藉機對他植入一個認知。

〈三叉戟〉的刺擊是可以防禦的。

但是——

（我能潛入的物體可不只建築物啊！）

〈三叉戟〉當然也能潛入對手的靈裝之中。

萬一她與米利雅莉亞的合體攻擊失敗，就輪到這張底牌登場——而現在正是時候。

一輝舉刀準備擋下〈三叉戟〉，此時水聲響起，〈三叉戟〉便穿過〈陰鐵〉，直線刺向一輝的臉部。

（得手了！）

就在堤米特暗自歡喜的剎那——

「妳的攻擊太明顯了。」

〈三叉戟〉原本應該刺進一輝額頭，此時卻忽然一滑，從一輝的皮膚上滑向一旁。

那正是〈天衣無縫〉——能以些微的動作卸開刀刃的奧義。

一輝以〈天衣無縫〉卸去堤米特的長槍刺擊——

「呼！」

堤米特沒料到對方的防禦，在空中破綻百出。一輝以〈幻想型態〉一刀斬過堤米特。

「唔、啊……」

「從那種距離展開突襲，等於是叫敵人趕快來擋。只要從妳的能力特質去思考，就能輕易推測出妳的攻擊能夠穿透靈裝。剛才這麼做很容易遭到敵人反制，太危險了，最好別再有第二次。」

堤米特要是在真正的戰場遇上真正的敵人，剛才那輕率的一擊可能會害她丟了性命。一輝語氣嚴肅地教訓她的莽撞。

但堤米特還來不及聽取教訓，意識中斷的反應如同一陣強烈的睡意湧了上來，她隨即倒落在屋頂上。

接著整個人漸漸從屋頂的傾斜處滾下。

一輝淡淡一瞥：

「那麼，之後就麻煩妳了！」

他露出清爽的笑容，把剩下的所有麻煩丟給米利雅莉亞，再次展開逃亡。

「呀啊——！堤兒——！」

伐刀者沒有以魔力防護，就只是普通的人類。

她要是在昏迷狀態下，從十公尺高的屋頂上摔下去，後果不堪設想。

米利雅莉亞全力向前衝刺，跳出屋頂，在空中接住堤米特後降落在地面上。

她隨即仰望屋頂上方，一輝早已不見蹤影。

◆◇◆◇◆

就在一輝擊敗堤米特與米利雅莉亞的同時。

史黛菈與阿斯特蕾亞兩人抵達皇都中央的城堡。

「嗯~果然還是自己家最放鬆了~」

史黛菈走在寬闊的大理石走廊上，深深吸了一口氣。

自己的家應該每天都有人仔細清掃，空氣中卻隱約傳來一股令人安心的氣息，非常奇妙。

但是之後還有時間慢慢享受。

雖說有國民們招待一輝，史黛菈還是不願意讓一輝等太久。

「父王是在哪邊等我們過去啊？」

「他請我帶妳去餐廳，應該就在那裡吧~」

那就趕快過去吧。史黛菈心想，便將行李交給侍女，走向餐廳。

接著，她一推開餐廳的雙開式大門——

「史——黛——菈啊啊啊啊————！孤好想妳啊啊啊啊啊啊啊————！」

一名留著厚重鬍鬚的中年男人有如火箭一般，朝著史黛菈的雙臂飛撲過去。

「討厭——————!!!!」

史黛菈自然是迎面一拳，而且是全力反擊。

「啵嘰」一聲。史黛菈的拳頭栽進中年男人的臉，發出令人不悅的聲響，一拳揍飛男人。

中年巨漢的鼻子歪向奇怪的地方，他摀著鼻子，語氣顫抖地向史黛菈抗議。

「為、為什麼……孤只是……想來個親親歡迎女兒回家…………」

「這就是你被揍的原因啊！」

史黛菈表情憤怒地對著中年男人——

法米利昂現任國王，自己的父親——席琉斯·法米利昂大聲怒吼。

「你的女兒已經十五歲了！對思春期的女兒做出這種暴行簡直不可原諒好嗎!?這可是性騷擾啊！」

「……呵，臉真紅，害羞了嗎？真是不坦率啊。」

「我是生氣！真是的，你真的很沒神經耶！」

史黛菈說道，大大嘆了口氣。

她沒料到她與父親相隔數個月不見，竟然是用這種方式再會。

她實在是不情願到極點。

此時，史黛菈身旁——

「爸爸～？」

傳來了詛咒般的聲音。

（啊……）

史黛菈心想不妙，當她轉向身旁時，身旁的女性早已有了動作。

席琉斯被史黛菈揍到單膝跪地。此時，女性——阿斯特蕾亞來到席琉斯身邊，雙手輕輕包覆他的雙頰，將他的視線轉向自己。

「你都有我這個妻子了，還向女兒索吻，是怎麼一回事呢？」

她這麼問著席琉斯，雙眸睜大到極限，眼中滿溢著泥沼般的黑影。

「媽、媽媽……!?」

「外遇？是外遇ＮＯＷ嗎？女兒該不會早就從媽媽手中偷走爸爸了嗎？兩個人分開之後才發現彼此有多重要了嗎～？」

「咿……！當、當然不是了！孤從一萬兩千年前就只愛媽媽一個人啊！」

「嗯～～～～？真的嗎～～～～～？」

席琉斯額頭冒汗，拚命解釋。阿斯特蕾亞彷彿要將自己的眼睛貼上席琉斯的眼球，近距離死盯著他。

席琉斯更是連眨眼都不敢眨一下。

他很清楚現在這一刻，他的視線只要敢從阿斯特蕾亞的雙眼移開一下，就會發生非常恐怖的事。

兩人僵持一分鐘左右，阿斯特蕾亞終於放開席琉斯的雙頰。

「太好了～媽媽我也是，再過一億又兩千年以後也最喜歡爸爸了～」

她露出甜美又平靜的笑容。

「不過，下次你再敢對史黛菈做奇怪的事，我就要處罰你了喔～」

「遵、遵命，女士！」

「真是的！父王每次做了奇怪的事，母后也會跟著變奇怪，你要注意點啦！」

「喔、喔喔，比起變奇怪的媽媽，孤當然也比較喜歡溫柔的媽媽……」

席琉斯說著，便站起身，清了清喉嚨。

「史黛菈，歡迎回來。」

他富含威嚴的樣貌浮現溫和的笑容，抱緊史黛菈。

「……嗯，我回來了，父王。」

史黛菈也伸手環住席琉斯厚實的身軀，回以擁抱。

（……一開始就這麼做的話，我也不會隨便打人啊。）

她的父親真是沒藥救。

但他的舉動也代表他就是這麼深愛自己。

史黛菈放開了席琉斯後——

「話說回來，父王，露娜姊還沒來嗎？」

她這麼問道。剛剛開始她就很在意這件事。

明明說好要在餐廳開家庭會議，卻不見姊姊的蹤影。

席琉斯有些不悅地說道：

「露娜還窩在房間裡，說是自己早就下好結論，要咱們自己解決……真是的，這可是家人的終生大事啊。」

「沒辦法嘛。這次我們將『戰爭』的前置工作都交給露娜，做為『繼位』前的準備，所以她現在很忙啊～她說明天還要去奎多蘭出差呢。」

史黛菈能理解阿斯特蕾亞的解釋。

「戰爭」是五年一次的重要外交活動。

舉辦日近在眼前，她應該也被協調工作追著跑。

那就不應該打擾她。

更何況，史黛菈的姊姊——露娜艾絲・法米利昂本來就支持自己的判斷與行動，不需要在場。

史黛菈這麼認定——

「那就先不管露娜姊，我們趕快開始家庭會議吧。」

接著坐在餐廳的椅子上。

「不需要這麼急吧？咱們都隔了幾個月沒見了。」

「不行啦，一輝現在還在外面等呢。」

「別在意，反正那傢伙根本到不了——呃。」

「父王？」

「沒事、沒什麼！說、說得也是！總不能讓妳的男朋友一直乾等，咱們就趕快開始吧！」

「……？」

史黛菈疑惑地望著忽然變老實的父親。

但是她的父親本來就老是怪怪的，史黛菈馬上就將異狀拋在腦後。

不過席琉斯的妻子·阿斯特蕾亞似乎發現了什麼——

「爸爸～？你該不會學不乖，又在想些不良企圖吧？」

她向席琉斯投去質疑的眼神。

「別、別說傻話！孤可是秉公無私的法米利昂國王！孤怎麼會做虧心事哪！哇哈哈哈哈！」

席琉斯豪爽地大笑否認——但額上卻冷汗直流。

沒錯，他當然有企圖。

席琉斯·法米利昂早就為了這天做好不少準備。

當時席琉斯開口要求一輝，要他在七星劍武祭結束後拜訪法米利昂。而席琉斯正是從那一天開始就準備到現在。

他瞞著阿斯特蕾亞和露娜艾絲，與席格娜、原女僕長的亞娜私下串通好，出動軍隊、召集國民協助，還發布高額懸賞令以防萬一，一步一步組織起黑鐵一輝包圍網。

現在，法米利昂皇國應該正上下一心地追殺黑鐵一輝。

席琉斯心知肚明，所以他能肯定。

——黑鐵一輝永遠都到不了這座城堡。

（畢竟這次連「他們」都出動了……！）

國民們並非戰鬥人員、軍隊也並非伐刀者，再加上那群以賞金為目標的傢伙，可能還是擋不下一輝。

那個男人可是連續兩次戰勝身為A級騎士的女兒。

但即使如此，他絕對闖不過「他們」的陣勢。

那群忠誠的野獸發下誓言，絕對效忠法米利昂皇族。「他們」只要是為了史黛菈，不惜拚上性命。

「他們」面對那隻妄想接近史黛菈的毒蟲，絕對不會失手。

（交給你們了，法米利昂皇國皇室親衛隊……！）

席琉斯在心中強烈祈禱。而就在此時——

◆◇◆◇◆

黑鐵一輝通過皇都外側的城下市鎮，抵達通往高級住宅區的橋梁，而皇室親衛隊就在這座橋上等著他。雙方正互相對峙。

「一輝・黑鐵，恭喜你來到這裡了！
不愧是擊敗史黛菈殿下的男人！但是！你的攻勢就到此為止了！
我們已經將城下市鎮通往貴族街的橋梁全數弄塌，只剩下這座橋！
你想前往王城，就只能通過這座橋！
不過，看吧，這就是我等精銳！
我等正是法米利昂皇國之盾，更是對史黛菈殿下宣誓絕對忠誠的戰士們。
我等名為法米利昂皇室親衛隊——！」
「L・O・V・E！史黛菈!!」
「L・O・V・E！史黛菈!!」
「Lovely！Lovely！史黛菈!!!!」
「「「咻嗚嗚嗚嗚嗚〰〰〰〰〰〰〰〰〰〰〰〰〰〰!!!!」」」
（這、這些人到底是……!?）

一輝見到眼前多達五十人左右的怪異團體，一時疑惑不已，不由得停下腳步。
他們所有人穿著鮮紅半被（註4），手持螢光棒，氣勢十足地畫圓、舞動上半身。

註4　又稱法被，意指日本舉行祭典時穿著的半袖外袍。

一輝看得出這群人以武維生，架勢十足。

他們的一舉一動，全都出自極為龐大的訓練。

不過──

（多麼精湛又沒意義的動作啊……）

他實在不懂那些動作有何意義。

另一方面，站在團體前方的男人──親衛隊長見到一輝停下腳步，淡淡一笑。

「哼哼，看來那傢伙見到我等整齊劃一的服從與忠誠，嚇得一句話都說不出來了。不過，現在畏懼也太遲了！竟敢欺騙史黛菈殿下，就由我等手中的利劍，斬殺你這罪人！為此，我們現在要確認你的罪行！」

親衛隊長如此宣布道。他身後的親衛隊原本持續做出神祕的畫圓動作，此時突然同時應聲停止不動。

所有人都露出嚴肅、急迫的神情。

但他們會有這種表情也是理所當然的。

接下來的問答，事關在場所有人的存在意義。

每個人屏息以待。

在這股沉默之中，親衛隊長深呼吸了數次，接著代表眾人審問一輝。

「聽說你和史黛菈住在同、同同同同一間房間，是真的嗎!?」

「咦……呃，是真的，理事長要我們住在一起。」

「「「噗呃——!!!!」」」

下一秒，封鎖橋梁的親衛隊有一半的人咳血倒地。

「隊長——！二等兵們昏倒了——！」

「這些軟弱的傢伙……！我不是再三重申，命令所有人去玩NTR（註5）系H遊戲，做好心理準備，他們竟敢怠慢軍令……！」

「可、可是隊長的拳頭也流血了！您握拳握太緊出血了啊！」

「冷靜！我們還只是確認他們住、住住住在同一間房間而已……！他們搞不好只是一起生活而已！沒錯！聽說這個男人和老家不和，他和史黛菈的緋聞也是這傢伙的老家捏造之後流出的，這個理由搞不好還說得通……！所以實際上是如何!?這、這張相片、是、是假的嗎啊啊啊!?」

親衛隊長說道，並且拿出一張相片展現在一輝眼前。某週刊日前正是用這張相片揭露一輝與史黛菈的關係。

現在重新一看，拍得真是清晰。

不愧是專業攝影師。

一輝不禁尷尬地移開視線——

註5　為日文「寝取る」的開頭英文縮寫，意指自己的女朋友或老婆遭人橫刀奪愛或是強暴。

「不……那張照片是真的。我和史黛菈是情侶，多少會接吻的。」

「「嗚嘎啊啊啊啊啊啊啊——————!!!」」」

此話一出，如同待宰家畜的慘叫聲響徹法米利昂的天空。存活的親衛隊員幾乎全數昏倒，第一題就倒下的隊員們甚至在無意識下明白一輝的答案，全身開始激烈痙攣。

「不不不不不要驚慌啊啊！這、這只是為了動搖我等心志的炫井罷葸——！」

「隊長請您鎮定點！您慌張到舌頭都不靈活了!?」

「等、等一下！」

就在此時。

屍橫遍野的後排忽然有一名瘦弱男子爬出隊伍——

「至、至少讓我問問這個！假設你和史黛菈真的是情侶……你、你該不會、已經和史黛菈、做、做做做、做過——」

「閉嘴啊蠢蛋——————!!!」

「噗呃耶!?」

親衛隊長在瘦弱男子問完一輝之前，便一腳踩扁他的臉與即將出口的話語。

「你你你你、你這蠢蛋——！怎麼能不知輕重地問出這種問題——！你啊！萬、萬一他真的回答『是』，或是陷入莫名的沉默怎麼辦啊啊啊啊！你想徹底殲滅親衛隊啊啊啊啊啊啊!!!!」

「咿、非、非常抱歉——！」

親衛隊長擦乾血淚，再次大口吸氣，接著催促東倒西歪的隊員們。

「皇室親衛隊，全員振作！現在還沒有任何一件事是肯定的！這個男人也可能做出虛假的證言！不要捨棄希望！方才的問答只清楚證明了一件事！只有一件事！無論這個男人的話是真是假，我等絕不能原諒這個混蛋——！全體拔劍！一定要將他碎屍萬段——————!!!!」

「「「喔喔喔喔喔喔喔喔喔喔喔——————!!!!」」」

親衛隊長號令一下，在橋上抽搐的人們也紛紛站起身。

全體親衛隊顯現出各自的靈裝，卯足全力攻向一輝。

敵人數量五十人。

全員都是伐刀者。

在寬廣的場所作戰十分不利。

既然如此——

（先解決速度較快的敵人，暫時退回巷弄裡吧……！）

在狹窄的巷弄中無法發揮人數優勢。

只要在巷弄裡四處逃竄，就能甩開敵人，將戰鬥次數減到最低。

一輝剎那間判斷戰況，擬定作戰計畫。

「哈啊！」

「呃哈！」

刀刃以〈幻想型態〉砍過率先奔出的三名親衛隊員，使其昏倒後，打算轉身逃走。

但是——

「——唔、喔喔喔喔啊啊啊啊啊啊啊啊!!!」

「……！」

遭到砍殺的親衛隊員頸部噴發如同赤血的魔力光芒，卻仍舊彷彿惡鬼似地撲來。

一輝勉強擋住他們的反擊，神情卻是一陣動搖。

（〈幻想型態〉打不倒他們嗎……！）

〈幻想型態〉會直接削去體力，但不會傷及肉體。

刀刃砍過手臂，手臂會無法動彈，但實際上並未受傷。

這些損傷是強烈的「錯覺」引發的暫時反應。

靈裝造成的「錯覺」原本會嚴重影響人體，無法擺脫。

只要遭受致命傷就會昏倒。

這才是正常的反應。

但偶爾會出現一種人，能靠意志力破除錯覺。

他們面對戰鬥的氣勢遠遠超越肉體與精神，必死的決心在他們眼裡根本是小菜一碟。

〈幻想型態〉對這類人幾乎無效。

但是這類人原本就極為少見。

正因為少見，一輝更是訝異。

眼前的皇室親衛隊。

乍看之下只是一群詭異的團體——

（他們的心靈竟是貨真價實的強大啊……！）

他必須穩住自己的心神，不然他們強悍的意志隨時都可能吞沒自己。

一輝暗自認定，便以更強的力道擊退三人，絕不輕易認輸。

然而就在這個瞬間——

「嗯？」

一輝看見親衛隊員身上的半被袖口裂開，飛出一張紙片。

紙片緩緩滑落在一輝腳邊。

「這是……」

一輝反射性地伸出手——

「啊、不、不准碰——！」

該名親衛隊員立刻高聲尖叫，制止一輝的行動。

不過他慢了一步——一輝已經看清紙張的內容。

這是一張相片，上頭的史黛菈身穿泳裝，正在調整臀部的泳裝夾痕——相機完美拍下了這個瞬間。

「——…………」

「只有宣誓效忠皇室的親衛隊才能擁有這份勳章！還給我——！」

他們不惜犧牲性命，只為效忠皇族。

只有這份忠誠心，才能從親衛隊長手中換取這份私藏的珍貴相片。

男人見一輝擅自觸碰自己的寶物，一時激憤，西洋劍朝著一輝奮力揮下。

但是、他的行動——實在是愚昧到極點了。

因為——

「你說只有親衛隊才能擁有，也就是說，現在在場的這群**混蛋**全都擁有同樣的相片，沒錯吧？」

眼前的男人嘴角帶笑，但現場最**抓狂**的人絕對非他莫屬。而這名親衛隊員剛才已經親手浪費掉逃離他的最後一個機會。

——日後，親衛隊員們渾身顫抖地述說。

他們的公主殿下從日出處之國帶回了一隻「惡鬼」。

◆◇◆◇◆

（太奇怪了……）

席琉斯感受到一股奇妙的躁動。

一輝抵達法米利昂之後，已經過了很長一段時間。

——國民、軍隊、親衛隊，沒有任何一方報告他們已經擊倒一輝了。為什麼？他的劍術再怎麼高超，終究只是F級的單人戰力。

席琉斯都已經出動軍隊了，不可能所有人都陷入苦戰——

「父王！」

「——哦、喔喔，史黛菈，什麼事？」

「還有什麼事啊！是父王說想聽我描述一輝這個人，我才像這樣仔細說明，你還發呆!?」

「怎、怎麼會呢！孤才沒有發呆啊！」
「真的？你有聽進去嗎？」
席琉斯根本沒在聽。
說實話，他完全不想聽女兒炫耀自己的男朋友。
但他要是老實說溜嘴，恐怕會被女兒烤個全熟。
因此席琉斯便開口——
「呃、當然。孤越聽越佩服這名年輕人，簡直就是名副其實的武士啊。不愧是孤的女兒，看男人眼光十分獨到。」
反正史黛菈一定都在捧那個男人。
他只要隨便稱讚幾句，女兒應該就能接受。於是他隨口說了幾句無心的客套話。
史黛菈聞言，便露出燦爛的微笑：
「對、對不對!?一輝真的很帥呢！父王也終於明白一輝的好了！」
席琉斯見到史黛菈開心的模樣，這才發現自己失策。
（糟、糟了，我只是下意識應和幾句，這下家庭會議就要結束了！）
這可不妙，外頭還沒傳來擊敗一輝的捷報。
最慘的狀況，史黛菈可能會出手幫忙四處逃竄的一輝。
（得想辦法拖延時間……！）
「那我趕快聯絡亞娜大姊，讓她帶一輝——」

「史、史黛菈，等一下！」

「咦？幹麼？」

席琉斯阻止史黛菈拿出手機，說道：

「孤確實很佩服他，但說到結婚又是另一回事了！」

「為、為什麼這麼說？」

「那個，妳畢竟是法米利昂皇國的第二皇女。妳的婚事自然、自然會牽扯到政治上的各種、對、各種要素。露娜是下任法米利昂女王，孤認為在我們會面之前，還是要確認她的意見。」

史黛菈聞言，頓時勾起眉角——

「事到如今別說這種話啦！」

她大聲抗議。

這也難免，席琉斯應該在家庭會議開始之前就提出這個要求。

「露娜姊原本就不反對我們交往，等一輝來了之後再確認不就好了？」

「但是她也沒明確表達贊成你們兩個的婚事。」

但是，席琉斯依舊不肯退讓。

現在才要求確認露娜艾絲的意見，實在太蠻橫了。席琉斯當然自知理虧，但他還是緊咬不放。

「妳的婚事對法米利昂皇國來說就是如此重大，孤希望能統整皇族全體的意見。

抱歉了，史黛菈，妳還是去請露娜過來！等孤確認露娜的意見，孤會以現任法米利昂國王的身分正式表態。」

「唔、唔唔……」

席琉斯事到如今才提出這個主張，未免太晚了點。

從史黛菈的角度來看，現在跑去請露娜艾絲過來，再開一次會，簡直多此一舉。

現在一輝還在外面等他們做出結論，史黛菈實在不願意讓他多等。

不過……最令她氣憤的是，席琉斯的話並非完全的強詞奪理。

關於第二皇女的婚事，身為現任國王的他想與下任國王協調彼此的意見，確實是非常合理。

因此，史黛菈勉為其難地讓步。

「我知道了啦，那我現在就去請露娜姊過來。你談完之後就趕快做好覺悟，去跟一輝會面喔。真是夠了……！」

史黛菈丟下這句話，便急忙跑出餐廳，似乎是想盡可能縮短一輝等待的時間。

阿斯特蕾亞望著史黛菈的背影，嘆了口氣，接著以眼神責備席琉斯：

「……爸爸也真是不死心呢。」

「媽、媽媽在說什麼哪？孤一句話也聽不懂……！」

席琉斯逃避似地撇開視線，站起身來。

「你要上哪去？」

「孤、孤去一下廁所，馬上就回來。」

他走出餐廳衛向廁所，聯絡上親衛隊。

不，正確來說，他是「試圖」聯絡親衛隊。

不過——席琉斯打不通任何一名親衛隊的電話。

手機只是不斷傳來冰冷枯燥的答鈴聲。

席琉斯不禁感覺到一股難以言喻的不祥，冷汗緩緩滑落。

（外面……到底發生什麼事了……？）

◆◇◆◇◆

然而，幾乎就在同一時間。

（這下完蛋了。）

黑鐵一輝終於突破重重阻礙，來到圍繞著城堡的城牆外側。

不過，他現在停下腳步，躲進建築物的陰影處，屏息凝氣。

一輝將所有親衛隊員揍到送醫，並且處理掉所有照片。不過這過程浪費太多時間，席格娜與亞娜率領的軍隊、國民聯合軍已經集結在城牆前方。

他們打算以人海戰術設下鐵壁般的防禦陣勢。

一輝實在難以正面突破。

不，他不是不能嘗試突圍，但必定會造成敵軍不少傷害。〈幻想型態〉下砍中人，對方還是會有痛覺。

先不說方才那群混帳，國民與陸軍幾乎都是非伐刀者。

一輝其實是想盡可能避免與他們交戰。

他開始東張西望──看中了其中一個地方。

城牆旁佇立著一棟藍色屋頂的教會。

（從那間屋子的屋頂應該碰得到城牆。）

一旦決定路線，就只剩下動身。

幸虧國民們並未防備上方。

他們應該沒料到有人會企圖翻越超過二十公尺高的城牆。

一輝成功瞞過眾人的眼睛，跳上教會高聳的三角屋頂──

「──齁齁齁，你果然選了這條路線。」

並在那裡對上了某位人物。

「……！」

「你就如同傳聞所說，非常善良啊。」

一輝直到爬上屋頂之前，完全沒發現這名禿頭老人。老人衰老下垂的眼瞼中隱藏精明幹練的眼神，他望著一輝，半開玩笑地問道：

「法米利昂皇國觀光之旅的感想如何呢？」

「您是……」

「齁齁，那就容我做個遲來的自我介紹。我是國際魔法騎士聯盟法米利昂分部分部長，兼任法米利昂皇國劍術指導一職，名為丹尼爾・丹達利昂。我一直在等著你，〈七星劍王〉黑鐵一輝大人。」

老人如此答道，並且顯現自身的靈裝。

那是一把纖細的長劍，劍身白銀，並附上獅頭模樣的金色劍柄。

老人手持武器，劍尖舉向一輝。

這剎那，老人身上散發出猛烈劍氣，一輝彷彿感覺到渾身汗毛一陣焦灼。

（——這個人很強。）

一輝察覺對方的確實力高超，明白自身處境不利。

敵人的武器是護手刺劍。

武器的劍身比日本刀來得細長。

再加上對手擺出擊劍術的架勢，那是一種以刺擊為主體的劍術。

現在雙方身處於三角屋頂的頂端，左右傾斜，橫向行動嚴重受到限制。在這種地形碰上這種對手，著實危險。

更何況，敵人的水準與一輝一路擊敗的敵手相比，天差地遠。

他在失去地利的狀況之下，絕對無法輕易以力量擊敗眼前的對手。

於是，一輝向後跳去，打算轉移陣地。

下一秒——一股衝擊從背後襲來，一輝當場跪地，一陣愕然。

「唔!?這是……」

身後不知何時隔了一層看不見的牆壁。

老人見一輝察覺了牆壁，白雲般的鬍鬚後方揚起笑意。

「齁齁，你已經身處於我的牢籠之中了。」

「伐刀絕技，是嗎？」

「答得好，這正是我的靈裝〈雄獅之心(Lionheart)〉的伐刀絕技——〈血戰(Blood Circle)〉。

這是屬於結界型的能力，一旦與任何一名敵人視線相交，便能將此人拖進外側無法干涉的決鬥場，即便身處混戰當中也能創造出一對一的戰局。

我已經堵住你的去路了。

你唯有贏得這場決鬥，才能逃離這座牢籠。」

這份能力雖然不好驅使，但若是有非戰不可的對手，倒是相當便利。

老人——丹達利昂解釋著自己的能力。

「來吧，勞煩你拔刀了。我從史黛菈殿下還是嬰兒時就一直照顧她到大，你要是連區區一把老骨頭都無法擊退，我可沒辦法將史黛菈殿下交給你呢。」

他這麼要求無處可逃的一輝。

要想繼續前進，就得先擊敗自己。

一輝見狀——

「我明白了——來吧，〈陰鐵〉！」

他也顯現自身的靈裝，擺出戰鬥架勢。

……戰場為尖銳的屋脊上方。

即便一輝能穩住身形，這種角度也無法逃向左右兩旁。

這場戰鬥將在屋頂的尖端，

只能在這條直線場地上進行。

對手的靈裝長度勝過一輝，武器又是以刺擊為主的護手刺劍，眼前的對手占有絕對優勢。

但是，一輝能肯定——這個場面只能強行突破。

於是——

「那麼……」

戰火點燃。

◆◇◆◇◆

黑鐵一輝率先進攻。

他和丹達利昂一樣，擺出以刺擊為主體的架勢。慣用手在前，單手筆直舉刀，在擊劍中稱為「伸手(Allongez le bras)」。

他想多少縮短攻擊範圍上的優劣差距。

自己要是擺出日本刀原本的架勢進攻，不論是正眼（註6）、八相（註7），敵人的劍尖都過於接近自己的要害。

他不打算衝刺，而是保持這個架勢步步逼近，縮短距離。

（先與對手立於相同的領域，試探對手的力量……！）

相對於一輝進攻，丹達利昂則是停留在原地迎擊。

他朝著逐漸靠近的一輝舉起劍尖，待〈陰鐵〉的刀尖進入攻擊範圍，這剎那！

「——去！」

「……！」

連刺如電光般襲來。

一輝同樣以連刺應戰，一一撥擋(Parades)對方的尖劍，並且爭奪進攻步調。

三角屋頂上，黑與銀的閃光相互交錯，火花四散。

一方的攻擊只要慢上一步，另一方就會立刻刺穿對手的心臟。

雙方一刻都不容鬆懈，然而——黑鐵一輝卻在戰鬥中冷靜地分析敵人。

---

註6　劍道術語，為中段架勢的其中一種，刀尖對準敵人的喉部。

註7　劍道術語，扛刀於肩上，刀鍔與口同高。

（原來如此，他的攻擊的確快速又犀利。）

這名老人看似已過全盛期，劍術卻並未如外貌般衰老。

他完全不給一輝前進的機會。

但是——

（我見識過許多比這更快、更銳利的劍術！）

〈劍士殺手（Sword Eater）〉的〈八歧大蛇〉；

〈浪速之星〉的〈三連星〉；

以及〈比翼〉世界第一的斬擊——他勉強撐過所有強敵的攻擊。這些戰績（Career）使一輝毫不苦於丹達利昂的速度。

「……！」

丹達利昂厚重的眼瞼後方雙目圓睜。

一輝刺出刀尖的速度逐漸加快。

一輝在丹達利昂尚未完全伸出劍尖之前，便一一撥擋下每一次攻擊。一步、又一步，一輝確實漸漸逼近丹達利昂。

漆黑閃光以壓倒性的速度及次數襲來。

在一輝充分發揮體能（Physical）的猛攻之下，丹達利昂不得不向後退去，

——過不了多久，他便被逼到三角屋頂的邊緣。

（還差一步！）

只要再向前一步，〈陰鐵〉的刀尖便能觸及丹達利昂的要害。

丹達利昂屆時為了躲避攻擊，必定得解開結界跳下屋頂。在那轉瞬之間，他無法繼續封鎖一輝的行動。

接下來，一輝只要在雙方的視線再次交會之前跳向城牆即可。

一輝做出判斷，便邁步前進，同時刺向丹達利昂！

下一秒，深紅的飛沫噴灑在藍色屋頂上。

——這抹鮮血，是來自黑鐵一輝遭到貫穿的肩膀。

「唔!?」

一輝瞪大雙眼，神情扭曲。

是肩上有如灼燒般的痛楚令他痛苦不已？

非也。

令他疑惑的並非結果（痛楚），而是過程。

（剛、剛才是怎麼……！）

一輝的肩膀被劍刺傷，向後一陣踉蹌，緊接著——

「哼——！」

這次輪到丹達利昂出擊。

他彷彿是奉還一輝方才的帳，伸出臂膀，前腳大步向前，施展極快的連續刺擊。

一輝自然是舉起〈陰鐵〉，準備撥擋迎面飛來的劍尖，但是——

下一秒，又重新上演剛才的過程。

〈陰鐵〉撥開了劍尖，但隨後，丹達利昂的靈裝——〈雄獅之心〉的劍身忽然猶如蛇身，一陣扭動後反轉，再次攻向一輝。

（又來……）

刺擊延伸直指一輝臉部，他勉強在最後一刻躲開，同時也明白了一點。

即使他彈開丹達利昂的刺擊，劍尖依舊會彈回原本的位置。

劍身彷彿是生物似的。

這麼一來，一輝不可能使用撥擋抵禦對手的攻擊。

雙方繼續互拚，一輝只會落於下風。

現在應該重新調整步調。

一輝決定暫時拉開距離，向後退去——

「!?」

——隨後，丹達利昂彷彿正在等著他如此判斷（撤退），向前大步邁進，一口氣奪下最有效距離（Critical zone）！

（他早就猜到我會撤退……！）

於是——

「〈南十字星（Croix du sud）〉！」

丹達利昂從最有效距離施展刺擊。

出劍速度快如電光石火。

這一招與至今的攻防速度相比，速度簡直媲美另一個次元。

瞬息之間。

一輝跨越死境雕琢至極的直覺產生了幻痛，刺入肌膚。

位置是兩肺、喉頭、心臟、丹田。

丹達利昂施展冠以南十字星座名號的瞬間五連刺，即將刺穿人體的五處要害。

（——不妙……！）

一擊都不能讓對方得手。

不過，丹達利昂的刺擊即使遭到撥擋也會攻回原本的位置。

非常難以抵擋。

但不抵擋，唯有敗北一途。

於是，一輝面對丹達利昂的攻勢——

他採取丹達利昂難以預料的對策。

「唔——!?」

下個瞬間，丹達利昂難掩驚嘆神情。

一輝向後退去的步伐奮力蹬地，以全身撲向丹達利昂。

他以刀柄為盾，擋下刺往右肺的〈南十字星〉——接著使勁撞開丹達利昂的身軀。

一輝、丹達利昂各自雙雙彈向後方，雙方再次拉開距離。

沒錯，一輝以身軀撞開丹達利昂，在五連刺成形之前就阻擾對方出招，脫離險境。

「呼……」

一輝調整氣息，丹達利昂則是真心敬畏眼前的少年。

「了不起，怪不得你能以F級的實力擊敗史黛菈殿下。」

敵方的動作、微微移動的視線，以及一輝龐大的實戰經驗得來的戰鬥直覺。

他憑藉這些要素看穿敵人的劍術，**甚至破解初次見到的招數**。

他一判斷出自己無力承受此招，便當機立斷，立刻出手阻攔敵人。

一輝優秀的觀察力、想像力，以及堅信前兩者而來的果斷，每一項都讓丹達利昂讚不絕口。

「再說以刀柄為盾這點，你就如同傳聞一般，使劍的方式十分有趣啊。」

「……單就劍法有趣這點，我想您也是彼此彼此。」

一輝面對丹達利昂的讚賞，回以苦笑。

「您的靈裝……外表看似是護手刺劍，劍身卻異常柔軟，比較接近鈍劍（Fleuret）。難怪劍的動作會那麼怪異。」

鈍劍雖然稱為劍，劍身卻異樣地柔軟，彈性十足。

既然劍身富含彈性，不論一輝如何撥開劍身，劍尖還是會彈向原本的目標。

要是能將鈍劍不尋常的柔軟特性操縱自如，甚至能**繞過正前方的敵人，刺中其背部**，這項絕技名為——回彈（Jutáju）。

「……我還是第一次在實戰中遇上這種技巧，大吃一驚呢。」

「齁齁齁，的確，〈雄獅之心〉的特性正是這柔軟的劍身。一輝先生的〈模仿劍術（Blade Steel）〉可沒辦法模仿這項特性。」

「您很清楚我的事啊……」

「知己知彼，百戰百勝。」

更別說我擁有這般能力，事前當然得仔細調查對戰對手的資料。

因此……我能預測一輝先生的下一步。

要在這種場地上施展〈蜃氣狼〉，距離不足；

而鈍劍的劍身容易搖晃，〈毒蛾太刀〉難以通過；

——既然如此，只剩下一種可能性。」

丹達利昂再次採取伸手架勢，向前伸出劍尖——

「第一祕劍・〈犀擊〉——來吧，請出招。」

「……！」

一輝聞言，頓時屏息。

丹達利昂料中一輝的打算。

一輝的確計畫在下一擊施展〈犀擊〉。

原因在於敵人的武器。

柔軟度是鈍劍獨一無二的特性。

但所謂的特性，並非只有優點。

鈍劍的缺點，在於劍身過度柔軟，難以施力。

那麼以力量壓制對手的效果最佳。

一輝的判斷來自於此。

不過，丹達利昂早已看穿一輝的抉擇。

（他真的調查得很清楚啊……）

一輝佩服丹達利昂的細心，卻仍舊擺出〈犀擊〉的架勢。他緩緩跨開雙腿，壓低腰間，拉弓似地收回刀尖至極限。

讓對方看穿自己的招數確實令人不安，但〈犀擊〉針對鈍劍依舊有效，那麼——

（不要害怕……！）

「——用不著您提醒！」

一輝的踏步彷彿能踏碎屋頂，全力施展〈犀擊〉！

以往〈犀擊〉只能與〈一刀修羅〉同時並用。但是在一輝以〈模仿劍術〉習得愛德懷斯的劍術之後，他不需要發動〈一刀修羅〉，單靠體術就能充分發揮〈犀擊〉的威力。

鈍劍柔若無骨的劍身絕對無法承受這一擊……！

——本來應該是如此。

「唔……!?」

丹達利昂接下了一輝的攻擊。

就如同過去的世界最強劍士——〈比翼〉愛德懷斯，

丹達利昂以劍尖接下〈犀擊〉的刀尖，

硬生生地擋下一輝的衝刺。

一輝頓時渾身戰慄。

即便是愛德懷斯，她當時也是手握堅固的劍刃——

（鈍劍那有如鐵線般柔軟的劍身，甚至沒有一絲彎曲……！）

丹達利昂卻是單以一根筆直的細針接下〈陰鐵〉的刀尖，以點為面承受所有的力道。

（他竟然擁有如此高超的技巧……！）

「我身兼劍術指導，必須手持這把細劍對上史黛菈殿下的剛強之劍，我可是特別擅長扼殺他人的力道……！」

丹達利昂解釋道。

一輝的〈犀擊〉與少女勇猛如鋼的力道相比，簡直形同兒戲。

只要角度正確，看準釋放魔力的時機，就能輕易承接，

——甚至能反推回去！

「哼！」

丹達利昂以魔力強化後的臂力狠狠彈開了一輝，一輝再次被逼向後方。

仔細一瞧，兩人又回到剛開始對峙的位置。

甚至連方才以突襲拉近的距離，全都恢復原狀。

不，雙方的位置或許**僅是**回歸原位，但戰況卻不同。

對方擋下一輝手中攻擊力最強的〈犀擊〉，將一輝逼入更深的絕境。

不過，一輝面對這個狀況——

「……呵呵。」

「！」

「原來如此，您可是能接下史黛菈的劍，我這種程度的力道當然無效。」

他的脣角浮起淡淡微笑。

「我真羨慕史黛菈，我也很想向您這樣的老師學習劍術。假設日後還有機會，是

否能再請您指教？」

「不用等到以後，今天就讓你充分見識見識，直到你叫停為止。」

丹達利昂說著，舉起劍尖——卻隱隱感受到不安。

一輝已經失去最強的殺手鐧，但他仍舊從容自在。

假設他還有其他招數——

（就只剩下……〈一刀修羅〉，或是和我一樣釋放魔力來強化行動。）

丹達利昂調查一輝時，曾經看過綾辻絢瀨一戰曝光的資料，他沒有放棄另一種可能性，加強防備任何可能的攻擊。

一輝則是——

「不了，現在請容我拒絕……等會我還得問候女友的父親，我可不想讓我的裝扮看起來更寒酸。」

他微微聳了聳肩，半開玩笑地說道。

緊接著，他壓低身軀，使刀刃與地面平行，彷彿拉弓似地收緊——

「丹尼爾．丹達利昂，我會以這一擊突破你的阻撓……！」

他踏碎屋頂，再次施放〈犀擊〉。

他並未動用魔力，也沒有施展〈一刀修羅〉。

一切的一切都如同方才的那一擊。

（他以為區區玉碎式特攻（Banzai attack）能擊敗我!?）

那一輝就大錯特錯了。丹達利昂暗自斷定。

——丹達利昂經過剛才那次交手，已經完美記下〈犀擊〉的速度、距離、時機，一切的一切。

下一次，他不會再接下攻擊。

也不需要接下。

他就在最後一刻閃過攻擊，反出一劍貫穿一輝的眉間，令他後悔莫及！

「——!?!?！」

下一秒，丹達利昂的意識頓時凍結。

〈陰鐵〉的刀尖突然出現在眼前。

丹達利昂的時間遭遇性命交關之際，戛然停止。

在時間休止的這一刻，他仍舊訝異不已。

為何刀尖會近在眼前？

自己的劍尚未觸及敵人。

明明對手的攻擊範圍短於自己，為什麼？

這次〈犀擊〉不若方才，來得太快、太近了。

——那麼，答案只有一個。

（他擲出武器了……！）

沒錯，一輝以〈犀擊〉的姿勢，將〈陰鐵〉擲向丹達利昂。

丹達利昂原本打算反制〈犀擊〉，現在卻遭到一輝反擊。

他原本打算前進並同時刺穿一輝的眉間，前腳已經踏了出去。

停不下來。

他完全停不下腳步。

然而——

「唔唔————！」

丹達利昂的身手實在了得。他依舊驅動身體，勉強阻止自己的行動，擊落一輝的〈陰鐵〉。

（不錯的奇襲，但還差一步——!?）

下一秒，丹達利昂見到令他絕望的一幕。

一輝的武器被彈開，破綻百出。

不過，他的手上卻握著一條黑繩，延伸至〈陰鐵〉。

（那是、日本刀的纏柄繩！）

丹達利昂暗叫不好，但是當他理解的瞬間，一切塵埃落定。

一輝拉扯解開的纏柄繩，像是拉溜溜球似的將〈陰鐵〉拉回手中——

「哈啊啊啊啊啊!!!!」

此時的丹達利昂為了彈開〈陰鐵〉，鈍劍已經揮滿在外，渾身毫無防備。一輝一刀斬下丹達利昂。

「咳呵！」丹達利昂口吐鮮血，當場跪倒在地。

同時，他手中的〈雄獅之心〉化為雲霧消失，也失去束縛一輝的力量。

「……你竟然想得到如此卑鄙的手段……」

丹達利昂勉強抬起頭，開口辱罵俯瞰自己的少年。

一輝見狀——

「所謂的『武』，正是如此。」

他臉上毫無愧疚，回以自豪的笑容。

丹達利昂染血的鬍鬚深處，淡淡揚起嘴角。

一切就如同一輝所言。

所謂的武，即是弱者勝過強者的手段，不論是非，只求存活。

既然如此，從真正的「武」的概念來說，卑鄙也是一種美德。

（……本來想至少讓他使出〈一刀修羅〉……）

雙方在刀劍戰上能使的花招，數量差太多了。

攻擊距離的差距原本是我方的絕對優勢。

但他的戰術觀點甚至包括利用對方的優勢反擊。

**他們在戰場上見到的事物完全不同**。

他究竟跨越多少絕境，才能年紀輕輕就習得這份狡詐？

自己無法再拖住他的腳步。

丹達利昂承認自己的敗北——

「我輸了……史黛菈殿下就拜託你了。」

並將他視如己出的少女託付給少年。

一輝聞言——

「是。」

他堅決地答道，接著走過丹達利昂身邊，跳上城牆。

他沿著城牆上的些微凹凸一路向上爬，不久後消失在城堡之中。

失血使得丹達利昂的視野模糊，他目送少年，向自己的王表達歉意。

「席琉斯，抱歉了。」

看來連他也敵不過那名少年。

◆◇◆◇◆

一輝擊敗丹達利昂後，終於翻越城牆，成功潛入城牆內側。

城牆裡當然有衛兵監視，他們正擦亮雙眼尋找入侵者。但既然一輝已經進到城牆內，他就能靠著優秀的運動能力，輕易潛進城堡。

他像剛才攀爬城牆一樣，抓住些微的凹凸處，登上城堡的外牆。

牆上有一扇敞開的窗戶，他從容地從窗戶潛入城堡內——

「呼……總算進到城、堡——」

「————！」

當一輝正想闖入房內，他突然和人對上眼。

房間之中。

有一位只穿著內衣的女性——正目瞪口呆地望著他。

（完、完蛋啦啊啊啊!?）

一輝這才察覺自己犯下令他後悔莫及的大失誤——他一時衝動，竟然忘記確認屋內是否有人，但一切為時已晚。

女子小巧的雙峰包裹在做工細緻的蕾絲布料裡，她雙頰染上紅暈，雙手遮住胸口，狠狠瞪向一輝。

「非、非常抱歉！我沒想到裡面有人，或者該說忘記確認屋內有沒有人，總之我不是故意的！雖然我從窗戶闖進來，這麼說實在很沒說服力，可是一切都是不可抗力……」

一輝只能慌張地說些自己都說服不了自己的藉口——

「——」

女子緊閉著雙唇，大步大步地走近一輝。

鮮紅色的雙眸彷彿不讓眼前人逃走，緊盯跨在窗框上的一輝。

接著她走到一輝面前，高舉手臂。

（要被打了……！）

但這也無可奈何。

他碰上這種狀況，根本百口莫辯。

現在他只能做好覺悟，讓對方揍個十幾拳。

一輝做好心理準備，閉上雙眼，等待衝擊撞向自己的臉頰。

不過——

「笨蛋，你在磨蹭什麼？在那群傢伙發現之前趕快進來。」

「嗚哇！」

痛楚並未造訪。

取而代之的，是一股力道揪緊一輝的衣領，將他拖往房內。

一輝來不及反抗，直接從窗框上摔進房間裡。

究竟發生什麼事了？一輝倒在地毯上，緩緩抬起頭。

他見到那名女子在窗外左看右看，確認無人察覺後關上窗戶，拉上窗簾。

「那、那個……」

一輝腦中一片糊塗，無法理解女子的舉動。

女子則是望向一輝——

「噗、啊哈哈哈哈哈！」

那張富含知性美的美麗容貌忽然一變，哈哈大笑了起來。

「哎呀，真是嚇死我了。我本來也想見識一下史黛菈帶來的男人有多少斤兩，所以才裝作沒發現父王的企圖。沒想到你一個人對上軍人和國民們，竟然還能一路逃到城堡裡。很厲害嘛，小弟。

難怪能把那個肌肉笨蛋變成嬌滴滴的女人。

我原本準備好國營廣播要來幫你的，這下全白費了。

……嘻嘻、是、是說你也真會挑時機，竟然在我更衣的時候闖進房間裡。聽說史黛菈剛到日本的時候，你好像也鬧過類似的笑話，是吧？」

（咦……）

女子這麼一說，一輝才察覺了一件事。

一輝剛才在機場見過史黛菈的母親‧阿斯特蕾亞，而眼前的女子和阿斯特蕾亞一樣，留著一頭淡淡的桃色秀髮。

那麼這名女子正是——

「那個、難不成……您就是露娜艾絲殿下嗎!?」

女子大笑過頭，眼角泛出淚水。她聽見一輝的疑問，便以指尖擦去眼淚，——接著用力點頭承認。

「沒錯，我正是你女友的姊姊，法米利昂皇國下任女王。第一皇女——露娜艾絲‧法米利昂。初次見面，一輝‧黑鐵。」

露娜艾絲重新自我介紹，右手伸向一輝，要求握手。

一輝則是慌張地站起身——

「啊、是、您好，初次見面，非、非常感謝貴、貴國本次招待我前來。」

他回握女子的手，開口寒暄——但他的眼神游移不定。

原因當然是因為露娜艾絲的裝扮。

她的身上還只穿著蕾絲質地的內衣。

雖說是一輝自己不好，擅自從窗戶闖進房內，不過他還是很困擾，不知道眼睛該看哪裡。

露娜艾絲見一輝的視線飄來飄去——

「你在看哪裡啊……嗯？」

她疑惑地歪了歪頭——下一秒，她瞪大雙眼，一把抓住一輝的雙手。

「你怎麼受傷了！」

露娜艾絲注視一輝左肩上的傷口，那是方才丹達利昂刺傷的地方。

雖說劍身細小，仍然刺穿一個洞。

傷口流了不少血，血液滲出潔白的制服，並且沿著指尖滴了下來。

一輝露出驚慌的表情——

「對不起！地毯被血給……！」

「先別管那個，把衣服脫了！我幫你包紮！」

不過一輝搞錯重點，惹得露娜艾絲挑起眉頭，動手打算脫下他的衣服。

「咦、咦咦咦咦!?不、等等、沒關係的！只是小傷！」

「這根本不是小傷吧！丹那傢伙，看來他是認真起來了……那群寵小孩的笨蛋下手根本不知輕重——喂！不要動！又不是小孩子，給我老實點！」

「我明白了！我不會掙扎，拜託您先穿上衣服再幫我包紮啊！」

「反正被人看個一、兩下也不會死！等一下再穿！」

「話、話是這麼說沒錯，可是啊啊啊～～！」

露娜艾絲異常堅持，一輝奮力抵抗還是擺脫不了她。

不，一輝當然能使力甩開對方，但他一想到可能會害她受傷，就不敢出力。

結果一輝還是只能讓露娜艾絲牽著鼻子走，被她一把扒下上衣與汗衫——

「露娜姊！抱歉，在妳工作的時候打擾妳，可不可以來餐廳——……

你、你、你們在幹什麼啊啊啊啊啊啊啊啊啊!?!?!?」

史黛菈一見到自己的男友與親姊姊半裸糾纏在一起，她發出的尖叫聲足以響遍城堡的地下室。

◆◇◆◇◆

一輝終於平安與史黛菈會合，不過會合的方式稍嫌混亂。

史黛菈見到這幅衝擊性的畫面，一開始還是腦中攪成一片，而露娜艾絲拿出一張紙交給他後，立刻解開了誤會。

沒錯，那張紙就是已經傳遍大街小巷，用來通緝一輝的懸賞令。

在這之後，露娜艾絲以懸賞令為物證，在眾人聚集的餐廳裡揭穿父親・席琉斯的計畫。

於是，黑鐵一輝抵達後引發的一連串騷動暫時告一段落——

——席琉斯被罰跪在餐廳的大理石地板上，眾人圍繞著席琉斯舉行彈劾大會。

「原來如此～也就是說，爸爸跟亞娜、席格娜他們串通好，還從國庫撥出賞金，所有人聯合起來要把一輝趕出去？」

「沒錯，家庭會議只是調虎離山之計，拿來爭取時間而已。」

「爸爸，是這樣嗎？」

席琉斯見妻子無奈地俯瞰著自己，仍然露出可憐兮兮的表情，完全不像是一國之君。他開口反駁道：

「唔、嗚……沒、沒辦法啊。為什麼孤得把親手拉拔長大的寶貝女兒，讓給一個不知從哪冒出來的混蛋！」

「所以你就在那邊耍賴，耍些極盡卑鄙、下流的手段對付人家，結果一輝還是突破所有阻礙。父王，你最後還是得不到半點好處呢。」

「媽媽覺得好失望喔～」

「唔、唔唔唔唔……哼！」

阿斯特蕾亞和露娜艾絲兩人眼神冰冷地俯視著席琉斯。席琉斯啞巴吃黃連，有苦說不出，最後只能怒氣沖沖地瞪視一輝。

一輝彷彿能聽到他大喊：「要是沒有你這傢伙就好了！」

這根本是遷怒，一輝只能無奈地苦笑。

就在此時——

「父王……剛才那些話，全都是真的嗎？」

史黛菈進到餐廳之後始終不發一語，此時她才第一次開了口。

她的語氣莫名冷靜，瀏海覆蓋住雙眼，看不清她的表情。

一輝感覺胃裡一陣莫名的冰冷。

他馬上就察覺了。

現在的史黛菈，彷彿一枚插上無數導火線的炸彈。

只要旁人隨便施加一點刺激，就會引發大爆炸。

然而——

「史、史黛菈，聽孤解釋，孤只是想保護妳……」

「不敢相信……」

席琉斯的一句藉口——

「我真的不敢相信——!!!!」

徹底引爆了炸彈。

史黛菈的咆哮有如一陣爆風，頓時震撼整間房間。鮮紅秀髮一根根泛起光芒，

噴灑磷光，怒火中燒的雙眸直盯著席琉斯。

「我原本很高興的！父王當時說想聽聽一輝的事，我以為父王願意認真考慮我們兩個的婚事……我真的很開心！可是為什麼!?為什麼你能做出這種事!?你說啊!?為什麼可以做出這麼過分的事啊！」

史黛菈憑著怒氣高聲怒吼，逐漸逼近席琉斯。

史黛菈身上散發出放射熱能，使得周遭光線扭曲，景色隨之歪斜。

一輝暗叫不好。

史黛菈的憤怒非比尋常。

怒火完全燒盡她的理智。

再繼續下去，可能會引發家暴事件。

阿斯特蕾亞似乎同樣察覺了。

她認為不能再放任不管，便對史黛菈開口——

「史黛菈，我知道妳很生氣，也有理由生氣，但是先冷靜一下，好嗎？」

阿斯特蕾亞這麼為席琉斯求情，不過——

「怎麼可能冷靜得了啊!!!!」

史黛菈怒瞪阿斯特蕾亞，雙眸像是隨時能噴出火來——

接著，她的眼角溢出豆大的淚珠。

「史、史黛菈……」

「因為……！這、真的、太過分了……！」

一輝難得大老遠來一趟，大家卻串通起來欺負他……！

大家做得這麼過分，一輝會討厭大家的……

一輝會討厭這個國家啊！

我、我很喜歡、父王、也很喜歡所有國民——

所以、我也希望、一輝可以喜、喜歡上大家、結果……結果卻變成這樣、嗚、嗚嗚、嗚呃～～～～！嗚哇啊啊啊啊～～～～～～～～～～～～!!」

史黛菈激動的情緒終於突破最高點。

她無力地滑落在地上，雙手遮起臉龐，像個孩子似地放聲大哭。

她對於父親與國民們的行為既憤怒又傷心，少女稚嫩的心靈完全無法處理這龐大的情緒，只能將情緒化為泣音，哭喊出聲。

席琉斯見狀，不禁慌了手腳。

他知道自己可能會被史黛菈痛揍一頓，早就做好心理準備。

但他萬萬沒想到，史黛菈最後竟然是痛哭一場。

「史、史黛菈……！媽媽，這種時候應該怎麼辦才好啊……！」

「……爸爸這次大概做什麼都沒用了呢。」

「怎、怎麼會……！」

現在的確是無計可施。

她多麼希望自己最重要的人，可以喜歡上自己的家人、自己的國民。

然而現狀對史黛菈來說，實在再殘忍不過了。

席琉斯現在不管怎麼解釋，都只是火上加油罷了。

不過——

——史黛菈誤會了一件事，她不需要這麼傷心。

黑鐵一輝為了告訴史黛菈真相，率先有了動作。

「史黛菈。」

他走向坐在地上大哭的史黛菈，緩緩抱緊她縮成一團的背部。

「唔、你這傢伙光天化日——」「給我跪好！」

席琉斯正打算站起身，露娜艾絲立刻朝他頭上來了一記後跟踢。一輝以眼神向露娜艾絲道謝，接著在史黛菈耳邊輕聲低喃：

「沒關係，我不會討厭這個國家，也不會討厭這個國家的人。應該說……我今天來到這裡，和這個國家的國民戰鬥之後……我開始愛上這個國家的一切了。」

「一……輝……？」

史黛菈充血通紅的雙眸望向一輝，似乎難以置信。

史黛菈很清楚。

一輝不會為了安慰自己，說些口是心非的謊言。

他說出口的話，就代表他的真心。

所以她才更不能理解。

「為……什麼…………」
他初來乍到，在異鄉遭受如此迫害，為什麼還說得出這種話？
一輝小心翼翼拭去史黛菈的淚水，回答她：
「因為這些人拚死拚活，全都是為了保護我最重要的女孩。」

他打從心底，真心誠意地說出自己的心情。
是的，他不會討厭這些人。
他們的確是做過頭，那些行為也非常不可理喻。
但是……他們即使違背自己的良心，也想測試這個男人。
這個即將成為史黛菈丈夫的男人。
他們為什麼要這麼做？
正是因為他們每個人都是打從心底疼愛史黛菈。
他們疼愛著她，所以才會擔心、才會想要求一輝。
他們要看看這個男人，是否值得他們將珍愛的寶物交給他？
他們的心情、他們的心意、他們的愛情，一輝願意包容他們的一切。
史黛菈選擇的男人，他的器量並非如此狹隘。
「這個國家真的很溫馨、很親切，我可以體會史黛菈為什麼如此想守護這個地方。

……我也起了一個念頭，我至今從未如此強烈地希望——

我——也想成為這個國家、這個家庭的一分子……！」

一輝說完，便放開了史黛菈。他站起身，重新面對她的家人。

接著，他靜靜地深呼一口氣——

「姐姐，岳母——岳父。」

「誰准你叫孤岳父——」「安靜！」

阿斯特蕾亞使勁扭轉席琉斯的耳朵。一輝以席琉斯為中心，將面前的三人納入視野中，開口述說。

他要對所有深愛史黛菈的人們，親口說出自己的答案。

同時，他也要達成今天拜訪這個地方的目的。

「請讓我重新問候三位。

我名叫黑鐵一輝，現在正在和史黛菈交往。

正如同街坊傳言所說，我是個貧乏之人。

我身為伐刀者的才能稱不上優秀。而我雖然擁有黑鐵家的次男身分，但是我與老家關係並不好，幾乎是斷絕往來，所以也沒有任何社會地位。

我有自知之明，如我這般拙劣，根本配不上史黛菈。

各位一定無法放心把史黛菈交給我這樣的人，我明白各位的擔憂。

但是——

我唯一有自信的，就是我深愛史黛菈的心意。這份心意絕對不會輸給姊姊、不會輸給岳母、不會輸給岳父，更不會輸給這個國家的任何一個人！

當然，我也做好覺悟貫徹這份心意……

所以請各位盡情試探我的決心吧。

請各位仔細觀察我這個人，直到各位滿意為止。

我會傾盡全力，奉陪到底！」

假設他們要求他必須強大，他會擊敗任何強敵；

假設他們要求他擁有地位，他會使盡任何方法得到手。

這群善良的人們深愛史黛菈，一心一意想保護她。而一輝不會讓他們任何一人委曲求全。

一輝如此起誓——

「然後……當我達成各位的要求之後，希望各位能將史黛菈嫁給我！」

一輝深深彎下身，頭壓得比跪在地板上的席琉斯還要低。

身旁的史黛菈見狀，也擦去眼淚、鼻水——

「拜託你們……」

她待在一輝身旁，同樣對自己的家人深深垂下頭，表達自己的意志。

告訴他們，史黛菈‧法米利昂希望待在什麼樣的人身邊。

阿斯特蕾亞見識到兩人的決心，感受到女兒的成長，憐愛地瞇起雙眼，問向席琉斯：

「爸爸，你覺得呢？」

「為、為什麼要問孤……！孤絕不承認！不管你做了什麼，孤絕對不會把史黛菈嫁給你！」

「父王這麼說呢。史黛菈，妳說怎麼辦？」

「我們家有父親在嗎？」

「誰知道？母后，妳認為呢？」

「搞不好沒有呢——」

「好！孤也是個男人，既然一輝有這樣的決心，當然可以積極考慮看看！」

「非、非常謝謝您！」

女性成員連成一氣，聯手逼席琉斯改口。一輝望著席琉斯，真心感受到在女性眾多的家庭裡，父親有多麼沒面子。他一邊道謝，一邊苦笑。

等自己入贅之後，恐怕也會變成這副德行。

不過他們總算是談妥了。

（之後——就看自己的毅力了。）

什麼都願意做。

他也覺得自己有點大吹牛皮，但他並不後悔。

一輝默默下定決心，絕對會達成他們的要求。

而露娜艾絲馬上就對一輝說道：

「好了，一輝，你說要讓我們盡情試探你，首先就由我出個題目吧。」

「露、露娜姊!?露娜姊不是說不反對！」

「我是說我不反對，但我也沒說舉雙手贊成。」

「唔……」

史黛菈一臉懊惱。沒想到都到了這個地步，席琉斯的虛張聲勢居然是正確的。

露娜艾絲見狀，則是說了句「放心吧。」安撫史黛菈，接著說道：

「這題目並不難，以一輝的實力應該做得到。」

「這份題目和我的實力有關嗎？」

露娜艾絲點點頭：

「沒錯。我們和奎多蘭即將舉行『戰爭』，一輝，我希望你能參加這場『戰爭』。」

「您、您說『戰爭』嗎……!?」

一輝聽見那句危險的詞彙，滿臉震驚。

露娜艾絲立刻否定他的想像。

「沒什麼，奎多蘭和法米利昂同樣都是〈國際魔法騎士聯盟加盟國〉，雖說是『戰爭』，其實並沒有像字面上那麼血腥。」

小國之間為了從大國的威脅下守護國家，組成了〈國際魔法騎士聯盟〉，約定在危急時刻互相提供戰力與經費。除此之外，聯盟也設有條約，用以干涉加盟國之間的戰爭。

這項條約的內容為：聯盟加盟國之間的爭執不動用普通兵器與軍隊，由兩國選出代表國家的〈魔法騎士〉進行決鬥，以決鬥結果決定國家間的勝負。

聯盟的基本守則是「伐刀者應該保護無力的民眾」，而這項條約正是這個守則的象徵，同時也用來確保加盟國之間的和諧，是聯盟不可或缺的制度。

加盟國之間一旦各國依靠國力決定地位高低，無力的小國就很難繼續待在聯盟。

但只要套用這條規則，小國也有機會戰勝大國。

國與國之間就能維持對等的立場。

『即使同為聯盟的加盟國，仍舊是國家對國家的關係。

雙方無論如何總是會產生國際紛爭，這是無可避免的。

但若是強制避開紛爭，組織本身會不夠柔軟，隨時都有可能崩解。

　既然如此，加盟國之間的戰爭就應該在公平的條件下進行。』

　聯盟的主導人〈白鬍公〉主張制定這項規則，聯盟內部對這項規則的反應也是呈現兩極化。但是，〈國際魔法騎士聯盟〉本身能在半個世紀中成長為掌握半個世界的巨大組織，仍是歸功於這項規則。

「法米利昂與奎多蘭當然也是在這項規則下進行戰爭。一輝，法米利昂這個國家本身是從奎多蘭獨立而來的，你知道這件事嗎？」

「是的，我知道獨立的經過。」

「那我就省略這部分的說明。既然這個國家有這樣的經歷，自然會伴隨著領土問題。

　目前我國和奎多蘭正在爭奪國境附近的天然氣田。

　兩國賭上這塊天然氣田的所有權，每五年舉行一次戰爭。

　比賽形式每次各有不同，今年是選出五名〈魔法騎士〉代表來進行團體戰。

　目前已經談妥了，總計五場比賽，獲勝場數較多的一方獲勝。

……說到這裡，你應該明白我的條件了吧。」

「您希望我做為法米利昂的其中一名代表參加戰爭，並且獲得勝利……是這個意思嗎？」

「稍微不同，只有你一個人獲勝沒有任何意義。

你必須贏過自己的敵人，並且為法米利昂帶來勝利。
這就是我出的題目。只要你達成條件，我．第一皇女兼下任女王──露娜艾絲．法米利昂就承認你與第二皇女──史黛菈．法米利昂的關係。」
露娜艾絲說完，便對一輝露出挑釁般的笑容。
「這可是直接貢獻國家利益的機會，我認為這條件並不壞。
而且最近三十年來，法米利昂一次都沒有贏得戰爭。
要是你能解決這種窘況，就無人能再對你和史黛菈的婚約表示異議。
……頑固的父王也一樣呢。」
席琉斯聞言，頓時睜大雙眼。
「咦!?慢、慢著露娜，孤從來沒說過──」
不過──
「露娜姊，我從剛剛就覺得奇怪，這個大叔是誰啊？」
「當然了！要是這名武士能為我國帶來勝利，孤身為法米利昂國王，當然沒道理反對婚事！可以放心將史黛菈交給你了！啊哈哈哈哈！」
史黛菈的一句話讓席琉斯一秒改變態度。
他已經察覺了。
史黛菈從剛才開始就用非常冷淡的眼神看著自己。
他這個父親在史黛菈心目中的存在岌岌可危。

只要再給她任何一點刺激，她就會將腦中的父親拋到九霄雲外，再也想不起這號人物。

不過，這完全是席琉斯自作自受。

露娜艾絲設局取得席琉斯首肯後，再次問向一輝：

「如何？要不要接受我出的題目？」

一輝對此——

「當然願意。既然您希望史黛菈的夫婿達成這項任務，我就必定會為您帶來勝利。」

他立刻就答應了。

他剛聽到「戰爭」這兩個字還有些吃驚。但是，若能以劍開闢道路，對他來說是求之不得。

他沒道理拒絕。

露娜艾絲聽見一輝的回答後——

「很好。」

她忽然轉過身去，背對一輝等人。

緊接著，她一個人走向餐廳的大玻璃窗，雙手打開窗戶——

「就是這麼回事！各位都聽見了嗎!?」

她走到陽台上，朝著城外大喊。

下一秒——

『『哇喔喔喔喔喔喔喔喔喔喔喔喔!!!!』』

響亮的喝采聲猶如地鳴一般，從大開的窗戶湧進餐廳裡。

所有人莫名其妙地走到陽台上。只見城堡外塞滿無數群眾，他們正在大聲歡呼。

「這、這究竟是怎麼一回事!?」

「就是這麼回事。」

史黛菈吃驚地瞪大雙眼。露娜艾絲則是露出頑皮少年般的神情，從裙襬下取出某樣東西。

她當初雖然放任父親的暴行，但事前卻準備了一支收音麥克風，連接到皇都所有廣播設備，要是一有萬一就出手幫助一輝。而這支麥克風就出現在露娜艾絲手上。

「剛才的所有對話全都經由國營廣播傳到外頭去了，這樣就能省去麻煩，不需要對國民解釋啦。」

「等……」

露娜艾絲一臉若無其事地說出不得了的發言。一輝立刻就想出聲抗議。

但這也難怪，他問候女友雙親的話語，這下全都流傳在大街小巷之中。

露娜艾絲直接無視一輝，向外頭的眾人說道：

「就如同各位剛才聽見的！現在在這裡立下一個誓約。法米利昂國王席琉斯．法米利昂以取得戰爭之勝利為前提，承認一輝．黑鐵成為第二皇女史黛菈．法米利昂的夫婿！有任何人反對這項誓約嗎!?」

眾人齊聲回應。

『不會有人反對的！』

『我們所有人和那個男人戰鬥過，並且敗給他了！』

『而且女婿大人還說喜歡這樣的我們……』

『我從沒見過這麼強悍又溫柔的男人！』

『只有你才能讓我們放心把史黛菈交出去！要是國王耍賴反悔，我們就算發起政變也要支持你啊！』

一輝得到的，是肯定。

他抵達城堡之前，曾與眾人定下決鬥的約定。只要一輝能甩開所有國民，來到史黛菈身邊，勝利就屬於他。法米利昂國民遵守了約定。

既然如此——一輝該做的只有一件事。

「一輝，所有國民都十分期待你的活躍喔。」

露娜艾絲這麼說道。

一輝接下所有的期待，開口回答：

「是……！我必定會傾盡全力取得勝利！」

勝利就是背負他人的期待，繼承敗者的心願。

他以勝利者的身分起誓，

他絕不辜負親手贏來的這份信賴。

# 第四章　慘劇開幕

奎多蘭王國首都・路榭爾。

這座城市之中，充滿了列入世界遺產的新藝術運動建築。

〈魔法騎士〉的訓練設施就蓋在這些建築物旁。為了不破壞城市的景觀，外觀還特地設計得金碧輝煌，彷彿是一座歌劇院。

眼看奎多蘭與法米利昂的戰爭將近，奎多蘭的五名代表為了贏得這場戰爭，正在這座訓練設施裡進行特訓。

「哼唔唔唔唔唔唔——————!!!!」

「喝啊啊啊啊啊啊啊!!!!」

紅髮的瘦小男子，還有一名如木桶般壯碩的大漢面前，各自擺放著一台巨大的壓力機。兩人正以全身的力道將壓力機的活塞推回去。

這個裝置是用來鍛鍊伐刀者的瞬間魔力釋放量。

壓力機會以壓力推出活塞，伐刀者則是藉著釋放魔力強化臂力，將活塞推回去。

訓練本身相當單純，但也因此帶來確實的訓練成果。

兩台大型壓力機的壓力已經超過兩噸。

不過兩人卻能一點一滴地逐漸推回活塞。

伐刀者的平均值大約是在五百公斤左右，所以這兩人的臂力算得上名列前茅。

不愧是足以代表國家，萬中選一的菁英。

而同一間訓練室中有一座壓克力搭建的游泳池。其他的成員就在游泳池上進行別種訓練。

「蜜拉，這好累人喔……！」

「還沒完、還沒完！還有十趟……！」

「咦咦咦……這、這太斯巴達了啦……！」

「團長說過艾娜太不擅長使用魔力，所以才叫我在戰爭之前幫妳重新鍛鍊啊！快點，妳跑越慢就越難控制喔！」

「嗚咿咿～」

五十公尺長的訓練用泳池彷彿是暴漲的河川，水流相當激烈。兩名二十多歲的女性就在泳池上**奔馳著**。

沒錯，她們並不是用游的，而是用魔力從泳池底部延伸出立足點，並且在上頭奔跑。

這是用來訓練魔力控制力。

控制魔力的訓練非常多樣，例如：不用手接觸，直接以魔力為黏土塑型、利用魔力使水浮起等等。而兩人現在奔跑在湍急的水流上，這項訓練的難度更是數一數二。

兩名女子雖然對訓練滿口抱怨，但還是勉強能繼續。這兩名女性伐刀者的實力之高，由此可見。

四人各自揮灑汗水。此時，一名金髮的高大青年走進訓練場。

青年一踏進訓練場，便拍了幾次手，向四人喊道：

「不好意思，打擾各位訓練，請各位先過來集合！法米利昂剛才終於交出最終的五名成員資料表了！」

「終於出來了！」四人迫不及待地中斷訓練，聚集到金髮青年——奎多蘭王國第一王子，兼代表團團長約翰的身邊。

「我們一個月前就決定好了，他們在摸什麼魚啊？」

「這次的確是有點慢。」

紅髮青年開口抱怨，高壯青年則是表示同意，兩人各自從約翰手上接過法米利昂的成員表。

兩名女子在兩人之後，也伸手翻閱成員表。

「我看看～……唔耶——史黛菈殿下果然要出場啊～」

「那兩個人也在，會潛水的跟會射擊的人。」

「法米利昂只有三名C級騎士，她們會參戰很正常吧。」

「第四名選手是同為C級騎士的法米利昂國王啊，不過這個人會出場本來就不奇怪了。成員都是熟面孔，怎麼決定得這麼晚……嗯、奇怪？」

性格活潑的女子——蜜拉此時忽然感到疑惑。

「第五名選手，這個男孩是誰啊？」

「一輝・黑鐵？是日本人？為什麼法米利昂的代表會有日本人？」

「而且路克，你看看備註，上面標著F級。法米利昂考慮再考慮之後卻選出這種角色？」

兩人皺起眉頭。

不過高壯青年・里德與性格看似溫順的女子・艾娜莉絲卻露出不同的反應。

「呃、慢著，我好像在哪裡看過這個人的長相？」

「啊！這、這個人！我在電視上看過這個人！他是史黛菈公主的男朋友啊！」

「啊——！就是這個！之前衛星電視播過史黛菈殿下在日本的比賽！」

「沒錯。」

約翰肯定了兩人的反應。

「〈七星劍王〉黑鐵一輝，等級雖然是F級，卻以高超的劍術彌補低劣的魔力數值，他曾在日本擊敗〈紅蓮皇女〉兩次，實力貨真價實。」

路克和蜜拉聽完約翰的解釋，兩人頓時臉色大變。

有個外國的低級別騎士擊敗了〈紅蓮皇女〉。兩人沒有看比賽轉播，卻聽說過這個傳聞。

「那、那個傳聞是真的啊……」

「我還以為那一定是假的咧……」

「是真的……我也有看比賽，那個人真的很強呢。」艾娜莉絲說道。

「可、可是，約翰，這個人又不是法米利昂人，怎麼可以參加戰爭？」

聯盟條約嚴禁外人參加他國戰爭。約翰也同意里德的說法。

「原本是不行的，不過這次國王──也就是我的父親允許對方以『特別徵召』的形式參加戰爭。」

「嗄啊──────！這樣對我們國家不是更不利嗎？為什麼要特別允許這種條件啦？」

「露娜艾絲小姐似乎從一個月前就不斷親自前來交涉──說是想借用這場戰爭，試試看黑鐵這個人適不適合成為史黛菈殿下的夫婿。」

「什、什麼啊？搞得好像哪個部落的成年禮似的。」

「聽說是因為愛黏孩子的國王說什麼都不肯嫁女兒，露娜艾絲小姐才打算讓對方用戰爭的成果去堵國王的嘴，她也很辛苦的。」

約翰忍不住噴笑出聲，聳了聳肩。

一旁的蜜拉和艾娜莉絲也不禁噗哧一笑。

「啊哈哈！說得也是，我能想像那個畫面。」

「我家的爸爸也是這個樣子呢。里德，好像不管哪家的父親都是這副模樣呢？」

「哈哈哈……或許吧。」

不久前，艾娜莉絲的雙親才答應兩人的婚事。里德見艾娜莉絲把話題拋到自己身上，他也只能面露苦笑地答道。

同時他也說：搞不好我有女兒之後也會是同樣態度。

「約翰，我順便問一下，這個男人真的像傳聞說得那麼強嗎？〈紅蓮皇女〉不是因為生大病之類的才輸？」蜜拉問道。

「說得直接點，我們五個之中任何一個對上他，應該都贏不了。」

「可是上面寫著F級啊？難不成是資料寫錯？」

「不、等級應該沒寫錯。我也看過比賽，他身上與魔力有關的能力確實只能用F級來評價。他的強大是在於……他異常地『擅長戰鬥』。雖然不甘心，我們應該不是他的對手。」

蜜拉聽見約翰如此肯定，只能發出「嗄～」的長嘆。

「真討厭，我們在開始之前就確定兩敗了嘛。」

「我說王子殿下，你不能靠你的權力改回禁止外人參戰嗎？」路克說道。

約翰答道：「別說傻話了。」

「我平時已經受到露娜艾絲小姐諸多關照，可不能再繼續欠她人情啊。」

約翰與露娜艾絲相差一歲，他們各自身為兩國的下任王位繼承人，也是從小一起長大的玩伴。

兩人同樣就讀於劍橋大學，當時的約翰不知世事，不論是課業或是私生活，正經的露娜艾絲都出手幫了約翰不少忙。

要是沒有她在，約翰在大學時期可能就會不小心交了壞朋友，進而在他人慫恿之下犯下大錯。露娜艾絲曾經全力給了約翰一記巴掌，那股疼痛同時也跟著這件事烙印在約翰心中。

這名大他一歲的女子從兒時就一直帶領著自己，十分可靠。

這是約翰心目中的露娜艾絲，而他至今仍然無法抹去這道印象。

所以他怎麼也無法對露娜艾絲擺出強硬態度。

「約翰還是老樣子，在露娜艾絲小姐面前抬不起頭呢。」

「沒辦法，我和她之間的高低地位是從小維持到現在，一時之間很難翻轉過來。不過請讓我將希望寄託在各位身上。

事前確定二敗的確影響很大，但是我們只要贏得剩下的比賽就能獲勝。

堤米特．格萊希，米利雅莉亞．雷吉，這兩個人搭檔的時候確實很強，但是一對一的時候，實力就不怎麼樣了。

擁有〈紅蓮狂獅〉之名的席琉斯王也老了，早就過了全盛期。

我們五個之中任何一個人碰上這三個人，應該都有辦法對付。」

而且——

約翰說到這裡，神情一緩：

「即使碰上最糟的狀況，我們都輸了，也不會帶來太大的損害。」

這是事實。

這場戰爭名義上是賭上國境附近的天然氣田，不過在數十年前，兩國之間曾定下條約，戰勝國會以援助金的方式，負擔戰敗國內的公共設施維護費用。

也就是說，這場戰爭不論獲勝與否，都不會有太大差別。

實際上這場戰爭就是雙方推選出本國的優秀騎士，兩國共同合辦的公開演習。

大部分人民比起真正與鄰國水火不容，互相競爭，當然也比較樂意支持這種雙方互分利益的形式。現在戰爭已經是徒有虛名，變成兩國五年一度的國民聯歡會。

奎多蘭國王會允許身為外國強者的一輝參戰，也是出自於這樣的理由。

兩國原本就不會拚死取勝。

所以代表團員並不是真心抗議約翰或國王的決定。

「說得也是。」路克贊同約翰的發言：

「那名武士大老遠從日本來一趟，就讓我們好好見識一下他的實力。」

他的態度彷彿在述說即將遠行的興奮，接著顯現出自身的靈裝——緋紅色的小刀，隨手拋弄。

「不過那位公主殿下竟然要結婚了啊。以前我在劍術大賽上和她打過一次，該說她太認真還是太嚴厲？總之很難親近，我還以為她會連貞操都奉獻給武術，嚇我一跳。」蜜拉說道。

「那種類型的女人一旦談戀愛，就會一口氣衝到本壘去，搞不好明年就會搞出個孩子來——艾娜、里德，你們可別輸給她啊，」

「～～～～！」

「路、路克！別多管閒事！」

路克的一句黃腔，就讓新婚夫婦同時臉漲得像蘋果一樣紅。

兩人的模樣實在令人莞爾，單身組的路克與蜜拉忍不住抖著肩膀大笑。

約翰望著四人，真心認為自己率領了一支好隊伍。

只要他們能確實取得剩下的三勝，一定能贏過法米利昂。

約翰堅定地心想，揚起嘴角——就在這個瞬間。

眾人愉快的笑聲之中——

混入了雜音。

「啊哈　啊哈　啊哈。」

「咦……？」

這股笑聲彷彿在嘲笑世界上的一切，令人生厭。

約翰以外的四人似乎也聽見笑聲，眾人面面相覷。

接著所有人同時看向陌生嘻笑傳來的方向。

於是，他們找到笑聲來源。

「唉唉，雖然我早就聽說過了，可是聯盟的戰爭還真是一場鬧劇呢。輸贏不分的戰爭？根本比一齣演爛的喜劇還難笑啊。」

一道嬌小的人影身穿漆黑連帽上衣，遮住眼鼻，坐在訓練場的貓道上。

如黑暗般烏黑的帽簷深處閃爍著雙色瞳眸，一方如鬼火般湛藍，另一方則是鮮血似的深紅。人影瞇起雙眼，大肆嘲笑：

「盯著蟻穴看還比較有意思。」

◆◇◆◇◆

「真浪費啊。你們明明是帶著力量誕生在這個世界，卻被無聊的『社會』豢養，沒辦法完全發揮自己的力量。就我來看，你們只是在浪費人生、揮霍那無可取代的寶貴時間啊。」

（這孩子究竟是……）

這名詭異的小孩毫無任何徵兆，直接出現在一行人面前。

孩童那彷彿沾滿灰燼的黯淡白髮，以及白髮深處那對閃爍著妖異藍光與紅光的

© Won

雙眸，讓約翰感受到一股難以言喻的恐懼。

此人非比尋常。

約翰以外的奎多蘭代表成員也感覺到相同的感受。

「你、你這傢伙！從哪裡闖進來的!?」

「這裡是代表成員專用的集訓場，禁止無關人士出入，請你現在立刻下來。」

路克、里德兩人的口氣並不像在訓斥比自己幼小的孩童。

他們壓低重心，以便隨時都能展開戰鬥。

入侵者望著一行人，百般無聊地搖晃白皙赤裸的雙腿。

「……唉，這也沒辦法，你們幾個根本不懂嘛。殺戮有多麼快樂，而剝奪又是如何令人陶醉。」

他語帶憐憫地說完，帽簷的陰影下，彷彿在雙頰上撕裂一條赤紅弦月。他的唇角高高揚起，開口說道：

「就讓我來教教你們……順便實際演練一番。」

（————！）

下一秒，在場實力最強的B級騎士約翰隨即察覺一件事。

只有他發現了。

入侵者矮小的身軀彷彿開啟了潘多拉的盒子，頓時噴發出無窮的惡意與殺意，瞬間布滿整個房間。

同時，約翰明白。

——他們是贏不了他的。

眼前的威脅已經遠遠超出在場眾人的能力範圍。

因此——

「各位——！快點逃啊——————!!!!」

他大喊。

他自出生以來，從未發出如此淒厲的吼叫。

彷彿能吐出血來。

但是——一切都太遲了。

不、或許不是他的警告來得太遲。

早在這道身影出現在他們面前時，就已經註定他們的命運。

「……咦？」

豔紅的鮮血潑灑在約翰的臉頰與身上。

高大的青年．里德噴出大把鮮血。

某個物體貫穿他的心臟。

那個物體，正是約翰手上顯現出的黃金騎兵槍。

「嗄……？啊？」

里德的腦袋跟不上約翰的暴行。

他甚至還不及感受到疼痛。

接著，雙眼一翻——

「約、翰……為、什麼…………」

下一秒，長槍脫離里德的體內，他的身體順著拔出的力道直接向前倒下。

他的妻子錯愕地看著眼前的慘劇，發不出任何聲音。里德胸口的大洞如瀑布般噴出鮮血，彷彿想向妻子求助，緩緩伸出手。

然而，他的手還沒觸及他的妻子，就伴隨著意識一同墜落地面，一動也不動。

「不、不要啊啊啊啊啊啊啊啊啊————!?!?」

「喂、喂喂，里德……不會吧……!?」

「團、團長——!?你、你到底、到底在做什麼!?」

蜜拉雙手舉起自己的靈裝——雙槍，將槍口對準行凶的約翰。

但是——約翰的舉動絕非出自自己的意志。

（這是……！）

約翰這才驚覺。

自己已經無法以自身的意志操縱身體。

約翰不明白原因為何。

但是他知道自己已經落入敵人手中。

而且他無法靠自己的力量掙脫。

因此——

「所有人都別靠近我——！快點！快點逃啊！」

約翰朝著同伴拚命大喊，要他們捨棄自己逃走。

他慌忙的態度使路克發覺一件事。

約翰的身體出現異狀。

「……！果然，是那個小鬼做了什麼手腳！」

悲劇的元凶。

路克察覺現在應該擊敗的對手，反手握住小刀型靈裝，以匹配〈疾風〉之名的速度撲向貓道上的敵人。

「你等著！我現在就——！？」

「路克！？」

路克的刀刃傷不到敵人。

他的身體忽然停在空無一物的半空中。

就如同……一隻被蜘蛛網纏住的蝴蝶。

「嗯、這、是什麼……？身體……動不了！」

緊接著，約翰的身體違背他的意志，一步步來到路克腳下。

「不會吧、不、不、團長你要做什麼！快住手啊啊啊啊！」

「不、不要……！住手啊啊啊！」

約翰的吶喊徒勞無功，約翰的身體抓著騎兵槍，從被釘在空中的路克下方，一槍貫穿他的身體。

「喀、呃——」

路克的身體劇烈痙攣數次後，失去了力氣。

沒多久便命喪黃泉。

約翰拔出了騎兵槍，緊接著，路克肚腹裡的物體一口氣傾注而下，噴灑在約翰全身，玷汙了他亮麗的金髮與心靈。

約翰接連手刃自己的夥伴、好友，他的精神已經瀕臨極限。

但是他極力維持即將崩潰的精神——

「……蜜拉……拜託妳……！」

快逃。

約翰淚流滿面地懇求存活的夥伴。

「——！」

蜜拉見到約翰的視線，隨即明白自己該做的事。

只見艾娜莉絲不斷搖晃丈夫的屍骸。蜜拉奔向艾娜莉絲，一把抓住她的手臂。

「艾娜！站起來！快跑！」

「里德！快回答我，里德！」

「可惡──！」

「不要啊啊啊啊啊！里德！里德──！」

艾娜莉絲意識錯亂，完全聽不進蜜拉的話。蜜拉只能奮力拉起艾娜莉絲，聽從約翰的指示，一心一意地奔向出口，準備逃離這個地獄。

就在此時。

「哦？你還有這種招數啊？機會難得，就用這個殺掉那兩個女的好了。」

兩人身後傳來說話聲，興奮得像是小孩拿到了新玩具──下一秒，金色光芒迸發而出，照亮了整座訓練場。

「蜜、蜜拉！」

（該不會是……）

蜜拉聽見艾娜莉絲焦急地呼喊，回頭一看。

接著，她感受到絕望。

蜜拉和艾娜莉絲身為他的隊友，她們很清楚。

這道光輝是──

「快閃開啊啊啊啊啊啊啊啊啊啊!!!!」

約翰的靈裝〈黃金戰車〉施放的伐刀絕技——

〈蹄轢王道〉。

他的靈裝本身是一匹黃金戰馬。當他一跨上戰馬，便能輾斃存在於前方的一切事物，將之化為道路，萬夫莫敵的衝鋒絕技。

這是奎多蘭最強、最快的一擊。不只破壞力超群，瞬間速度更是能遠遠將〈疾風〉路克拋在後頭。

蜜拉兩人絕對無法應付——

「「……！」」

一閃而過。

突破一切的黃金光輝奔馳而去。

其帶來的破壞不止於光芒奔走過的直線。

炸裂的空氣化為衝擊衝撞四方，將設施內所有備品連根拔起，拋向牆壁，撞毀了燈光。

戰馬停下腳步，黃金光芒隨之減弱後，設施內部陷入一片黑暗——

「啊……啊啊…………」

約翰回頭看向自己踏碎的道路，見到了那一幕。

漆黑之中，兩名女子的屍體全身碎裂、扭曲，滾落在燒毀的地面上。

另一角，一切的元凶見到約翰的神色，愉快地擊掌，嗤笑道：

「王子殿下，如何？是不是很刺激啊？用自己的雙手，單方面殘殺自己重要的夥伴。啊哈　啊哈　平時可是很難感受到這種悸動，對吧？」

「……殺了你……！我要、殺了你啊啊啊啊啊啊啊啊啊！」

這瞬間，突破極限的憤怒驅動了約翰。

約翰身上的肌肉纖維一根根應聲斷裂，扯爛了皮膚，血霧四散。他不顧自己的肉體毀壞，伸手抓住黃金戰馬的韁繩——

「〈蹄轢王道〉——————!!!!」

他點燃足以焚身的熊熊怒火，衝向坐在貓道上的敵人。

〈黃金戰車〉的能力為〈道路〉。

他不只能跨越一切崎嶇的道路、阻礙，甚至連飄浮在空中的空氣，也能化為自身的〈道路〉。

戰馬的馬蹄踏在空無一物的半空中，直線衝向敵人，

約翰伸出的騎兵槍即將刺飛敵人的臉部。而在這剎那——

一切彷彿是理所當然，約翰停下所有行動。

「唔——看來你不太喜歡殺戮呢，王子殿下。明明是個男人，卻被血嚇得連『呀哈！』地歡呼都辦不到，真丟臉啊。」

敵人打從出現在約翰等人面前，就沒有任何動作。

他連指頭都沒有動一下。

但是——他們面對這樣的敵人，卻束手無策。

（實力差太多了……）

雙方之間的力量差距，甚至大到他無法察覺其多寡。

下一秒，約翰的戰馬與騎兵槍化為如同沙金的粉末，隨風四散。

靈裝是伐刀者的靈魂。

持有者的心靈一旦崩潰，靈裝也無法維持型體。

然而，在他見到約翰如此悽慘的模樣之後——

「啊、對了，娘娘腔的王子殿下原來比較喜歡這種玩法啊。那就早說嘛～」

催生這齣慘劇的邪惡之影，露出至今最為愉悅的笑容。

「……!?」

約翰見到那張令人恐懼的神情，不禁全身一繃。

他、他還想做什麼？

但是，不論他如何繃緊神經，他的身體早已處在邪惡意志的掌控之下——

約翰的身體降落地面，拉起艾娜莉絲殘存的屍骸——

一把撕裂她的上衣。

約翰見到她暴露出來的粉頸酥胸，察覺那抹邪惡的企圖，語氣隱隱顫抖。

「你該不會……」

邪惡之影——〈傀儡王〉歐爾·格爾對絕望的約翰露出鯊魚般的利牙，神情充滿喜悅地說道：

「雖然她已經死掉了，但是屍體還很溫暖，應該會很舒服喔？」

◆◇◆◇◆

「啊哈　啊哈　啊哈。」

月光沿著碎裂四散的窗戶，隱隱照亮屋內的陰暗。

〈傀儡王〉聽著肉與肉機械式的碰撞聲，愉快地顫抖著身軀。

約翰直到方才還盡他所能地哭喊求饒，現在卻發不出半點泣音。

他雙目渙散，口中念念有詞，不斷重複著歉意，並且搖動身軀。

〈傀儡王〉透過鋼線靈裝〈地獄蜘蛛絲(Black Widow)〉，確實感受到了。

約翰的心靈碎裂，漸漸崩解的聲音。

——真是痛快。

他和自己同樣都是一條性命。

深愛他人、受他人所愛，值得珍重、憐憫的存在。

而他將這樣的生物，如同便宜人偶一般盡情玩弄、毀壞，由此而生的感受。

那是湧上胸口的悲傷、空虛——以及遠遠超越這一切的陶醉。

一旦體會過這股快感，就無法回到從前。

他必須依賴毀滅帶來的刺激而活。

而且這樣的刺激越劇烈越好。

「好期待啊。」

〈傀儡王〉苦苦思念那名少女。

國民、家人、最愛的戀人……

當這一切全都毀滅的時候，史黛菈會露出什麼樣的表情？

「看起來一定很可愛吧……」

他光是想像，一股忘我的喜悅頓時走遍全身。

體內一陣火熱，接著融化、滲出。

這股刺激、這股陶醉，必定會帶給自己更多、更多的喜悅。或許比毀壞**她**的那個時候還要快樂。

——他快按捺不住了。

好想快點與她嬉戲，好想快點玩弄她。

不過，既然要玩，就要先準備更多的玩具。

〈傀儡王〉此時第一次移動了雙手。

不合尺寸的寬鬆上衣包覆著雙手。他水平舉起手臂，

——雙眼無法辨認的細絲漸漸延伸出去。

絲線穿過撞碎的窗戶，鑽過森林的樹木，抵達城鎮——

捕獲了軍人、捕獲了孕婦、捕獲了幼童。

就這樣……一點一滴地建立起來。

只屬於自己的王國——〈人偶王國（Wonderland）〉。

被捉住的人們沒有一個人察覺到。

他們在不知不覺之中，已經成了某人的提線人偶。

最後，絲線設下數個中繼點，延伸至奎多蘭全境。

這些絲線彷彿是「根」。

以奎多蘭王國做為苗床，寄宿於其中的樹根。

當這棵寄居的樹木開花結果……一切就開始了。

這場戰爭日後將記載於這顆星球的歷史上，名為〈法米利昂戰役〉。

◆◇◆◇◆

位居於英國的〈國際魔法騎士聯盟總部〉。

其中有一個區域，只有聯盟認定的世界排名中，入列個位數名次的騎士，以及各分部的長官才能自由出入。而這塊區域的其中一間房間裡，站著兩道人影。

「——是啊，法國外交部長亞歷克西昏倒一事，你應該有所耳聞。他在出遊當地的餐會中，**突然像是斷了線似地昏倒**，但他馬上就恢復意識，對外是當作單純的過勞，暫時平息……不過，世界各地的政經界人士幾乎**在同一時刻，有五百人以上**遭遇到同樣狀況，這就另當別論了。」

一道人影是一名青年。燈光昏暗的房間當中，他站在房內唯一發著光的嵌入式螢幕，述說著狀況。

另一道人影相當高大，他置身於四周昏暗的房間中，聽著青年的描述。

青年操作螢幕，繼續向高大人影說明：

「彙整媒體與警察的情報之後，除去政經界人士，全世界**還有將近千人在同一個時間點**昏厥，大多數都被當作中暑處理，不過……天底下才不可能有這種鬼巧合。而對我們聯盟來說，這段影像幾乎能夠肯定昏迷的原因。世界同時發生多起中暑症之後兩天，我們在奎多蘭拍到這段畫面。」

螢幕隨著青年的話語，改變了畫面。

那是一道矮小身影，連身帽遮住了身影的面容。

下一秒，立於黑暗中的高大人影微微一晃，發出金屬的摩擦聲響。

他動搖了？

青年不以為意，繼續說下去。

「我們之後就藉著各式管道探測敵情。不過〈解放軍〉內部似乎也因為他的舉動引發龐大的混亂。

〈十二使徒〉(Numbers)獨自行動這點本身並不稀奇。

問題是……那傢伙不是利用人偶，而是直接赤裸裸地出現在陽光下。

他還**擅自放開他操縱的人偶**，那可是〈解放軍〉對外的耳目啊。

他到底想做什麼……又或者只是一時興起……現階段雖然不明白他的目的，不過既然展開行動的是〈傀儡王〉歐爾．格爾，我們也無法坐視不管。畢竟……以整體的危險性來看，這名〈魔人〉可是比〈解放軍〉盟主——〈暴君〉更加棘手——我們聯盟方面也必須做好準備，以應付最糟糕的狀況。」

接著，青年露出堅決的眼神，望向黑暗中的漆黑鎧甲。

「〈黑騎士〉——阿斯卡里德，我希望你能前往法米利昂。聯盟中沒有人比你更適合這項任務。因為你比任何人都清楚〈傀儡王〉的恐怖。」

「——」

〈黑騎士〉聽完命令，掀起披風轉過身去。

接著走出房間。

他並未回以肯定或否定。

只是憤怒地握緊雙拳。

——他握緊、再握緊，直到金屬接合處滴下鮮血。

# 後記

大家好。
我是作者海空陸，我正在捏貓咪的肉球，然後被貓踢了一腳。
非常感謝各位購買、閱讀落第騎士英雄譚第十集！
落第騎士系列的集數終於進入兩位數了！
一切都要感謝各位讀者的支持。
落第騎士系列從第十集開始，正式進入「法米利昂皇國篇」。
七星劍武祭結束後，選手們啟程走向各自的未來。然而，此時出現一股邪惡，他帶著前所未有的殘暴與強大力量，意圖阻撓一輝等人與史黛菈的未來。羅剎般的新章即將揭曉。
我會盡力描寫接下來的故事，希望能大大提升尺度以及精采程度。期盼各位也能繼續期待黑鐵一輝的英雄譚。
……相隔了好一陣子之後，本集也一口氣登場了不少新角色。七星劍武祭開戰之後就沒有出現新角色，該介紹的角色也介紹光了，因此加加美的破軍學園壁報休刊了兩集。希望下一集能讓這個專欄復活啊……

我最後想藉著這個機會，向各位工作人員致謝。

今年冬天海空不慎病倒，間接拖累編輯以及編輯部的諸位一起度過了緊湊的出版行程；

還有，只因為我滿懷私欲想看大家的酥胸，要求了那張澡堂彩頁，WON老師仍然為本書畫出美妙的插圖；

最後更感謝各位讀者，多虧各位一路支持「落第騎士英雄譚」系列直到第十集。真的非常謝謝各位。

那麼，我們就在十一集再相見了！

落第騎士英雄譚

浮文字

落第騎士英雄譚 10

（原名：落第騎士の英雄譚10）

著　者／海空陸　封面插畫／ＷＯＮ　譯　者／堤風
發行人／黃鎮隆　協　理／陳君平　文字校對／施亞蒨
總編輯／洪琇菁　國際版權／黃令歡
執行編輯／曾鈺淳　美術編輯／李政儀
企劃宣傳／邱小祐　內文排版／謝青秀
出版／城邦文化事業股份有限公司 尖端出版
台北市中山區民生東路二段一四一號十樓
電話：（〇二）二五〇〇七六〇〇
傳真：（〇二）二五〇〇二六八三
E-mail：7novels@mail2.spp.com.tw
發行／英屬蓋曼群島商家庭傳媒股份有限公司城邦分公司 尖端出版
台北市中山區民生東路二段一四一號十樓
電話：（〇二）二五〇〇—七六〇〇（代表號）
傳真：（〇二）二五〇〇—一九七九
北部經銷／祥友圖書有限公司
電話：（〇二）八五一二—三八五一
傳真：（〇二）八五一二—四二五五
中部經銷／高見文化行銷股份有限公司
電話：〇八〇〇—〇五五—三六五
傳真：（〇二）二六六八—六二二〇
雲嘉經銷／智豐圖書股份有限公司 嘉義公司
電話：（〇五）二三三—三八五二
傳真：（〇五）二三三—三八六三
南部經銷／智豐圖書股份有限公司 高雄公司
電話：（〇七）三七三—〇〇七九
傳真：（〇七）三七三—〇〇八七
一代匯集／香港九龍旺角塘尾道六十四號龍駒企業大廈十樓B&D室
電話：（八五二）二七八三—八一〇二
傳真：（八五二）二七八二—一五二九
新馬經銷／城邦（馬新）出版集團Cite (M) Sdn. Bhd.
E-mail：cite@cite.com.my
大眾書局（新加坡）POPULAR（Singapore）
E-mail：feedback@popularworld.com
大眾書局（馬來西亞）POPULAR（Malaysia）
E-mail：popularmalaysia@popularworld.com
法律顧問／元禾法律事務所
台北市羅斯福路三段三十七號十五樓
二〇一七年二月一版一刷





■中文版■

郵購注意事項：
1. 填妥劃撥單資料：帳號：50003021戶名：英屬蓋曼群島商家庭傳媒(股)公司城邦分公司。2. 通信欄內註明訂購書名與冊數。3. 劃撥金額低於500元，請加附掛號郵資50元。如劃撥日起 10～14日，仍未收到書時，請洽劃撥組。劃撥專線TEL：(03) 312-4212 ・ FAX：(03) 322-4621。E-mail：marketing@spp.com.tw

國家圖書館出版品預行編目資料

落第騎士英雄譚 10 / 海空陸 著 ; 堤風譯.
—1版.—臺北市：尖端出版，2017.02
面 ; 公分.—(浮文字)
譯自:落第騎士の英雄譚
ISBN 978-957-10-5552-7(第1冊：平裝)
ISBN 978-957-10-5650-0(第2冊：平裝)
ISBN 978-957-10-5806-1(第3冊：平裝)
ISBN 978-957-10-5839-9(第4冊：平裝)
ISBN 978-957-10-5968-6(第5冊：平裝)
ISBN 978-957-10-6044-6(第6冊：平裝)
ISBN 978-957-10-6211-2(第0冊：平裝)
ISBN 978-957-10-6338-6(第7冊：平裝)
ISBN 978-957-10-6500-7(第8冊：平裝)
ISBN 978-957-10-6694-3(第9冊：平裝)
ISBN 978-957-10-7144-2(第10冊：平裝)

861.57　　103003318